再好笑
也不該
讓別人傻看
自己笑

真黃傳

史上最矯情的笑話王

永續圖書線上購物網　讀品文化事業有限公司

WWW.foreverbooks.com.tw　yungjiuh@ms45.hinet.net

幻想家系列 08

真黃傳：史上最矯情的笑話王

編　　著　審桂仁
出 版 者　讀品文化事業有限公司
執行編輯　林美娟
美術編輯　翁敏貴

社　　址　22103 新北市汐止區大同路三段 194 號 9 樓之 1
TEL／(02)86473663
FAX／(02)86473660
總 經 銷　永續圖書有限公司
劃撥帳號　18669219
地　　址　22103 新北市汐止區大同路三段 194 號 9 樓之 1
TEL／(02)86473663
FAX／(02)86473660
出 版 日　2013年09月

法律顧問　方圓法律事務所　涂成樞律師
CVS代理　美璟文化有限公司
TEL／(02)27239968
FAX／(02)27239668

國家圖書館出版品預行編目資料

真黃傳 : 史上最矯情的笑話王
審桂仁編著. -- 初版.
-- 新北市 : 讀品文化, 民102.09
面 ;　公分. -- (幻想家 ; 8)
ISBN 978-986-5808-08-2(平裝)
856.9　102012575

目錄 Content

享受也是有代價

在一家酒吧中坐著三個白髮蒼蒼的男人。

甲先發言說道：「我今年已經86了，要不是常保愉悅身心，加上不亂做愛做的事，這條老命早就不保了！」

乙接著說：「我三餐清淡，並且常做運動，以至於如今九十有六了還這麼健康！」

這時丙說話了：「當我18歲的時候我父親曾告訴我，所謂享受人生就是要抽菸喝酒，每天夜夜笙歌，我就是照這種方式生活，人生真是享受啊！」

甲：「哇！真是太不可思議了！」

乙：「竟然有這種事，真讓人羨慕！老兄，那您今年貴庚啊？」

丙：「我今年二十六歲。」

反正賠不起

小明生活很貧寒。一次，他的房東與他簽訂租契。房東在租契上寫明，假如小明不慎引起火災，燒了房子必須賠償一百五十萬元台幣。小明看完後，沒提出異議，而提筆在一百五十萬後面又加上一個「○」。房東一看，驚喜地喊道：「怎麼，一千五百萬台幣？」

小明不動聲色地回答：「反正我也賠不起。」

幹！不用找了

小明唸國中的時候，班上規定說髒話者一次罰五元。

有一天，小明說了髒話被老師聽見了，然後就要罰小明五塊錢，之後小明就拿了十元給老師，老師說：「我沒錢找你唷！」

小明用力的將十元丟到老師臉上說：「幹！不用找了！」

母子同心

有一天……

某個女高中生懷孕了。

這時這個女高中生跟她肚子裡的孩子同時想著一件事——

「靠杯，我媽會殺了我！」

急中生智

警察在一個保育區海邊人贓俱獲抓到一個偷補龍蝦的男子，準備依法予以罰款。

男子：「你說什麼啊？我是犯了什麼法？這兩隻龍蝦是我的寵物，我帶他們出來散步而已耶！」

警察：「我聽你在唬爛！」

男子：「真的啦，大人！牠們超愛衝到海裡游泳的，只要我一吹口哨，就會游回來！」

警察：「這我倒要瞧瞧了！」

於是男子把手上兩隻龍蝦拋到海裡，沒多久就不見蹤影。

警察：「好，我現在要看你怎麼把你的寵物龍蝦叫回來……」

男子：「啊？龍蝦？你說什麼龍蝦？我不知道有這回事。」

政治的抹黑手法

還有幾天就要開庭了，被告對自己的律師說：「這次如果輸了，我這一輩子就完了！我們給法官送一條高級香菸怎麼樣？」

「法官是個正直的人，他一向討厭香菸，更憎恨賄賂的人，你還是不送的好！」律師慎重的說著。

開庭日期終於到了，被告意外的勝訴了。走出法院，被告感激的對律師說：「謝謝你提醒我香菸的事！」

律師道：「如果當時你送了菸，我們肯定贏不了這次官司的！」

被告反笑：「不，我還是送了香菸！」

律師很驚訝的表情。

被告神祕的說：「正是香菸幫我們打贏了官司的，因為我在香菸裡附上了原告的名片！」

鑰匙

有天，有3個人一起下地獄，職業都不相同。

1、醫生

2、警察

3、妓女

閻羅王一個一個問：「首先醫生你覺得佚生平做了什麼好事？」

醫生回答：「我拯救了很多人！」

閻羅王説：「很好！給妳一把金鑰匙讓妳通往天堂！」

第二位是警察，閻羅王就問：「你生平做了什麼好事？」

警察回：「我幫助了很多市民！」

閻羅王回答：「很好！也給妳一把金鑰匙，讓妳通往天堂。」

第三位是妓女，一樣問題「妳做了什麼好事？」

妓女説：「我讓很多男人幸福……」

閻羅王説：「嗯，很好！給妳一把銀鑰匙！」

妓女不解的問著，為什麼前兩個是金鑰匙只有我是銀藥匙呢？

閻羅王：「這是我房間的鑰匙。」

還算有職業道德

有一天，有一位婦人去了兩家麵包店各買了一個菠蘿麵包跟一個甜甜圈回家後，吃了一半發現菠蘿麵包裡面有一根毛短短捲捲的東西。於是，她很生氣的去那間麵包店找師傅，走進去就看見那個師傅把麵包放在腋下夾了一下，菠蘿麵包的獨特外型就做好了，她見狀生氣的罵了那個師傅。

師傅回說：「我這個還算有職業道德，妳去看看對面那家甜甜圈。」

婦人：「……。」

遺產

有一個阿嬤要死掉了，她的兒子前去探望她。

阿嬤：「我有留遺產給你。」

兒子：「是什麼？」

阿嬤：「一個農田，裡面有養三頭牛、十隻雞、七隻羊、六隻豬，我還有一個果園，裡面種了葡萄、橘子、香蕉，再過去一點還有一片蘋果園，我也有留兩千萬的金幣給你。」

兒子：「那麼遺產在哪裡？」

阿嬤：「在……在我的Facebook裡。」

兒子：「……」

實驗

一個生物系學生做實驗，一次他把一隻跳蚤的腳切掉二隻，然後對著跳蚤說：「跳！」

跳蚤還是奮力的跳起，於是他再切斷二隻腳，又對著跳蚤說：「跳！」

跳蚤依然照跳不誤，最後他又再切斷二隻腳，然後又對跳蚤喊：「跳！」

這時跳蚤再也跳不動了，於是他寫下了心得：「跳蚤在切短斷六隻腳後，就變成聾子了！」

常見的謊言

警察：「我們是為人民服務的。」

售貨小姐：「這件衣服真的很適合你！」

地攤老闆：「這件是最後一件，算你便宜啦。」

影視明星：「我們只是朋友關係。」

高官致詞：「下面，我簡單地講兩句。」

父母：「我幫你把紅包存起來了。」

太太：「（出門前化妝時）馬上就好！馬上就好！」

老公：「（一面盯著別的女生）她哪有你漂亮？」

食品包裝：「保證不添加防腐劑。」

政客：「這次沒選上，我就退出政壇。」

男人：「乖……不會痛的……」

女生：「我們還是可以當朋友的。」

哥哥的祕密

某天，小雅走到哥哥房裡。

小雅：「哥，把我的睡衣脫下來，好嗎？」

哥哥照著做了。

小雅又說：「再把我的胸罩脫下來吧！」

哥哥也做了。

小雅再說：「最後把我的內褲脫下來吧！」

哥哥也做了！

小雅拿起衣物說：「以後別再穿我的衣物了！變態！」

熱心過了頭

一個阿婆趕火車準備到另一山頭幫女兒接生。

可是女兒的婆家是一個很偏僻的小地方，自強號只經過不停的，阿婆就一直拜託車長，希望他能答應她的要求，停在那一站讓她下車，車長也很為難。考慮了很久，他還是不敢答應那老婆婆的要求，終於他想到了一個好辦法。

車長對阿婆說：「我快到那小村裡時會故意放慢車速，到時妳就跳車，這樣我就不用停車，而妳也可以順利下火車了。」

阿婆連忙點頭，直說這主意不錯。

就在接近那一站時，車長果然放慢車速，

阿婆站在火車的第一節車廂預備好，就跳下火車， 因為跳下火車重力加速度的關係，所以阿婆並沒有馬上停下來，而是在火車旁的月台上慢跑。

就在火車最後一節車廂經過阿婆時，一個年輕人一把抓起了阿婆，把她拉上火車，一臉滿意的說：「阿婆，好險妳遇到我，要不然這班火車妳就趕不上了。」

打情罵俏

老公老婆在床上要睡覺，老公打了一個噴嚏，口水噴了老婆一臉。

老婆拿著衛生紙擦著臉說：「下次再有這樣的情況，請提前說一聲！」

過了一會，老公大聲說：「預備！」

老婆趕忙一頭鑽進被子裡……

結果老公放了一個屁。

徵友條件

一名女子在網站上輸入她的徵友條件：

1、要帥

2、要有車

電腦網站幫她搜尋之後，最後出現搜尋結果：「象棋」。

一名男子在網站上輸入他的徵友條件：

1、夠正

2、很甜美

電腦網站幫他搜尋之後，最後出現搜尋結果：「方糖」。

新婚之夜

有一天，班上有位同學問老師三個私人的問題，還拿了三個十元，要給老師猜中間的硬幣是人頭或是十元，如果老師猜中的是十元的話，就可以不用回答問題。

於是老師答應之後，學生開始問第一個問題：「老師，你和師母洞房花燭夜的時候是誰先主動的呢？」

此時，老師抽到的是人頭，頭低低的害羞說：「是我。」

接著，學生又問第二個問題：「老師，那誰在上面？」

此時，學生耍了一點小技巧，所以老師又抽到人頭，老師又不好意思的回答說：「還是我。」

緊接著，學生又問第三個問題：「老師，那你們洞房花燭夜的時候，你說的第一句話是什麼？」

此時，只見那學生很用力的把那三枚硬幣握住……當老師抽不出那中間的硬幣時，就問那學生：「你夾那麼緊幹嘛？」

頓時，全班哄堂大笑。

還沒有看下面

班上有位男同學叫林小明，另位也有一位女同學叫林曉茗。

新來的老師照名單點名，喊叫：「林小明。」

同學齊聲問：「男的還是女的?」

「你們班上有兩個林小明嗎?」老師有點驚奇。

「對！一男一女。」

「是喔！」老師解釋：「我還沒有看下面，所以不知道。」

午餐選擇

豪華客機上，非洲食人族的王子也是乘客之一。

空中小姐詢問:：「先生，你的午餐怎麼吃？牛排好嗎？」

王子搖頭。

空中小姐再問：「雞排好嗎？」

王子仍搖頭。

空中小姐說：「那這樣好了……先生，還是你有想吃的東西嗎？」

王子說：「拿旅客名單給我看一下。」

獎勵

小明參加大學聯考前，他的父親為鼓勵小明努力爭取好成績，就對小明說：

「小明啊！為了鼓勵你能在這次聯考中得到好成績，爸爸決定你這次聯考總分有三百多分的話，爸爸就買台三萬多塊的機車送你；總分四百多分的話，就送你四萬多塊的機車；更高分的話就以此類推。」

成績單接到後，小明緊張地問他爸爸：「爸爸，你知道哪邊有在賣一萬多塊的機車嗎？」

誰才是高明的業務員

某一天一個房地產仲介員到南部出差，住進一家旅館，閒來無事，叫了一個援交妹。雙方議價八千元成交，經過一陣翻雲覆雨之後，兩人都睡著了。

次日，援交妹醒來後，發現仲介員已經不見了才猛然想起還沒拿到錢，她又急又怒，只好翻箱倒櫃看能不能找到一點蛛絲馬跡。

皇天不負苦心人，她終於在床底下找到一本該仲介員遺失在旅館的記事簿，上面剛好有該仲介員的電話。

援交妹二話不說，當天晚上馬上怒氣沖沖地撥電話給該仲介員，準備討回公道。

電話接通了，是仲介員接的電話：「喂，請問找哪位？」

援交妹：「找哪位？你太沒有職業道德了，居然不付錢就跑掉，怎麼，你們公司沒教你們使用過產品之後都必須付費嗎？」

仲介員馬上辯解：「小姐，妳先別生氣，先聽我說，我有三個不付錢的理由……首先呢，當我一進房子的時候，我就覺得那棟房子太老舊了，太多人住過了，根本是間中古屋，不值這個價錢。第二呢，之後我又發現房子太大了，我的家具放在裡面，顯得格格不入，大而無當嘛。第三點更糟糕，我發現裡面沒有水，水是民生大計耶，沒水的話怎麼住嘛，是吧？基於這三個理由，所以我覺得沒有必要付這個錢。」

援交妹一聽，立刻反駁：「第一點，很多人住過，為什麼呢，因為房子好嘛！房子好所以才多人住過。第二點，房子太大，那根本不是房子的問題，那是因為家具太小怎麼能怪房子太大。第三點，房內沒有水，那也不是房子的問題，那是馬達的問題，馬達運轉的不夠有力，抽的不夠快，當然沒有水啦，這應該怪馬達才對。你的理由根本都不成立，你還是得付錢。」

看不下去了

一艘船失事後，一名女乘客和十名男乘客漂到了一個荒島上。

一個月後，那個女的自殺了，因為她覺得這一個月發生的事情實在太噁心了。

一個月後，他們決定把她埋了，因為他們覺得這一個月發生的事情實在太噁心了。

一個月後，他們決定把她挖出來，因為他們覺得這一個月發生的事情實在太噁心了。

一個月後，上帝把那個女的復活了，因為祂覺得這幾個月發生的事情實在太噁心了。

小白兔

有一天，有隻小白兔去五金行買紅蘿蔔。

牠跟老闆說：「老闆，我要買紅蘿蔔。」

老闆說：「我們這裡是五金行，沒有賣紅蘿蔔！」

第二天，小白兔又去五金行買紅蘿蔔。

牠一樣跟老闆說：「老闆，我要買紅蘿蔔。」

老闆生氣的對牠說：「我們這裡是五金行，沒有賣紅蘿蔔！你要是再來我拿剪刀 把你耳朵剪掉！」

第三天，小白兔又來到了五金行。

牠這次跟老闆說：「老闆，這裡有沒有賣剪

刀？」

老闆看了看庫存表，說：「我們這裡的剪刀缺貨。」

小兔子笑著說：「那我要買紅蘿蔔。」

大聲一點

老師規定凡是上課講話者，都要到教室後面罰站，並且把說話的內容大聲說十遍。有一天上課，小明和鄰座的同學咬耳朵，被老師抓到。

老師生氣的說：「小明，到後面罰站！把你剛剛說的話再大聲說十遍。」小明低著頭走到教室後面，開始喃喃的低聲說著。

老師又罵：「大聲一點！讓全班都聽得到！」

小明就大聲的喊：「老師的石門水庫沒拉、老師的石門水庫沒拉⋯⋯」

所言不假

從前有一個國王他買了一匹馬，但是自從買回來後，那匹馬就一直悶悶不樂。國王很擔心，於是就昭告天下：「誰能使我的馬笑，我就給他一百兩黃金」

於是很多人都來試，一直都沒有人成功，直到一個勇士的出現，他跟國王說：「你只要給我一分鐘的時間就行了」

果真那匹馬就笑了，那勇士就拿錢走了。但是自從那天之後，那馬就笑個不停，於是國王又昭告天下：「誰能使我的馬哭，我就給他一百萬兩黃金！」

結果又有很多人來試，還是沒有成功，直到上次那個勇士的出現，他跟國王講：「給我半分鐘就行了……」

結果，馬真的哭了，國王就很好奇的問他是如何辦到的？

勇士說：「很簡單呀！我第一次進去跟牠說：

『我的比你大！』，那馬就笑啦！第二次，我就進去把褲子脫下來……」

小鳥

有一個中年男子在天體營內溜鳥，溜著、溜著，迎面來了一位十七、八歲的少女

少女身材好得沒話說，於是那個中年男子一時太興奮，結果就「立了起來」。

天真的少女就問那中年男子：「那是什麼啊？」

男子很率直的答道：「那是隻小鳥！」

於是少女就走了，男子也就在沙灘上睡著了。

過了不久，男子醒了，發現他躺在醫院，而且身旁坐著少女。於是，男子就問少女：「我為什麼會在這裡？」

少女答道：「我們打了聲招呼後，我就走了。結果，當我回來時，我發現你的小鳥死了，所以我就幫它做人工呼吸，但是，你知道嗎？小鳥竟然吐我口水，所以我就扭斷牠的脖子、搗爛牠的鳥蛋、燒了牠的鳥巢，結果你就到這裡了。」

許願

有一對同齡夫婦，一齊歡度他們的60歲生日。正在熱鬧時，突然，天使出現了。

天使說：「我祝福你們的60歲，你們許願吧，我一定成全。」60歲的老婆說：「我好想環遊世界。」

天使說：「成全妳。」

噹！一變，太太手上是環遊世界的飛機票。

天使問60歲的老公：「你呢？許什麼願？」

老公問：「真的一定會成全嗎？」

天使說：「我從不反悔。」

老公高興萬分的許願：「我希望我現在能抱著比我小30歲的女人。」

天使說：「成全你。」

噹！老公變成了90歲。

分公司

某條街有個乞丐，每天都在那裡乞討生活，一日某人忽然發現乞丐身邊多了一個碗，但是身旁又沒有人在？

便上前去問：「為什麼你要放兩個碗？」

那乞丐笑道：「我也不知道怎麼了，只是最近生意特別好，所以開了家分公司。」

補習班爆炸

有三個外國人，要看看在飛機上到地上距離有多高。

第一個外國人丟了一個小石頭下去，但是沒聽到任何聲音。

第二個外國人丟了一個金塊下去，聽到一個人的慘叫聲：「啊——！」

第三個外國人，丟了一個火炮下去，聽到一個爆炸聲：「砰！」

隔天，小明，小華和小麗，聚在一起聊天，小明說：「我昨天被一個小石頭砸到，差點昏過去。」

小麗說：「我昨天被一個金塊砸到，差點腦震盪。」

這時，小華說：「我昨天發生了一個『靈異』事件，我昨天只是從補習班走出來，放了一個屁，結果補習班就爆炸了。」

看醫生

一天晚上，一對夫婦躺在床上，丈夫忍不住開始輕拍他老婆的肩膀，並撫摸老婆的手。

老婆：「對不起親愛的，我明天要去看婦產科醫生，我不想今晚留什麼東西在裡面。」

男的倍感無聊只好轉過身去開始睡覺，過了一會，男的又轉過身來拍拍他老婆的肩膀並說：「明天妳不用看牙醫吧？」

男女有別

「媽咪，我已經13歲了。」

「我知道。」

「那我可以帶胸罩了嗎？」

「不可以！」

「可是姊姊13歲就開始帶胸罩了。」

「我說不可以就是不可以！」

「那麼我可以用衛生棉了嗎？」

「不可以！」

「姊姊13歲就開使用衛生棉了！」

「我說過，不可以！」

「那我——」

「給我閉嘴，你這個笨兒子！」

鐵達尼號沉船原因

大家都知到鐵達尼號的男主角是傑克，女主角是蘿絲。

那大家知道為什麼鐵達尼號會沉嗎？

答案絕對不是因為冰山，是因為……

傑克把蘿絲（螺絲）弄鬆了。

踩鴨子

有一天，三個姊妹死了，被天使帶上天堂。

天使對她們說：「在天堂有個規矩，就是絕對不能踩到螞蟻的。」

說著說著，姊妹們看見地上全部都是螞蟻，於是每天都小心翼翼的走著。

有一天，大姊踩到了螞蟻，「喀滋」的一聲，天使帶來了一個非常醜的男人，用鎖鍊和她靠在一起，二姊和三姊都非常害怕，於是每天都更小心的走。

沒想到，二姊還是踩到了螞蟻，又「喀滋」的一聲，天使帶來了一個非常非常醜的男人，用鎖鍊和她靠在一起，從此三姊更加害怕。

過了三年，三姊始終沒踩到螞蟻，有天，天使突然帶著帥氣又健壯的男人，用鎖鍊和她靠在一起。

三姊害羞的說著：「你為什麼會來到這裡？」

男人回答：「我不知道，但是我踩到了螞蟻。」

父子對話

父：「你去買汽水。」

子：「是可樂還是雪碧？」

父：「可樂。」

子：「鐵罐還是瓶裝？」

父：「瓶裝。」

子：「無糖還是正常的？」

父：「正常。」

子：「六百克還是一公升裝？」

父：「你好煩！不然買水也可以啦！」

子：「礦泉水還是過濾水？」

父：「礦泉。」

子：「冰的？還是不冰的？」

父生氣：「你再囉嗦看我拿掃帚打你！」

子：「是拿塑膠？還是竹子的？」

父惱怒：「你簡直像畜生一樣！」

子：「像豬還是像牛？」

父氣喘：「我……我會被你……你氣得吐血……血！」

子：「要拿垃圾桶還是扶你到廁所？」

打麻將

小明在湖邊打麻將，有天不小心把白板掉到湖裡。

湖裡的女神出來說：「請問你掉下去的是左邊這張紅中還是右邊這張發財？」

小明：「都不對，是白板！快還我！我差那張就大三元了！」

女神：「嗯，你很誠實，我決定把紅中跟發財也送給你……」

結果小明就相公了。

機智解圍

有一女孩夜歸遇到歹徒……

歹徒兇狠問：「站住！要去哪裡？」

女孩不想被劫財，裝可憐說道：「要……要去借錢……」

歹徒兇狠地問：「借錢去幹嘛？」

女孩又怕被劫色，便說：「得了性病沒錢治。」

歹徒怒吼：「滾！」

二哥登場

劉備在洞房花燭夜的時候，笑淫淫的對著嬌妻孫尚香說：「現在該是老二登場的時候了……」

此時關羽自外破門而入，大喊：「多謝大哥！」

劉備：「幹！」

關羽：「遵命！」

敬老尊賢

一個白髮老先生走上了公車，小明立刻站了起來。老先生和藹的笑了笑，把他按回座位。

過了一會，小明再度站了起來，老先生又把他按下去。等到小明第三次站起來，老先生又拒絕他的好意時，小明有點懊惱的說：「請您讓我下車吧，我已經超過兩站了！」

說話的藝術

小李長袖善舞，八面玲瓏，從來不得罪人。

有一天，他在自家宴客，一共邀請了六位貴賓，他在門口迎接，並一一問道：「您是怎麼來的？」

第一位說：「我是坐賓士來的。」

「噢！威風威風。」

第二位客人說：「我是搭私人飛機來的。」

「哇！闊氣闊氣。」

第三位客人說：「我是騎腳踏車來的。」

「喔！樸素樸素。」

第四客人說：「我是跑步來的。」

「唷！健健康康。」

第五位客人說：「我是走路來的。」

「嗯！悠哉悠哉。」

第六位客人說：「我是連滾帶爬來的。」

小李面不改色的說：「哈！難得難得。」

錯得離譜

有天小明帶著妻子及岳父開車經過關渡大橋。剛開過橋，就被站在路邊的警察及新北市市長攔住。

警察滿臉笑容地對他說：「你是自從關渡橋建成後第100萬個開車過橋的人，市長先生將發給你100萬做紀念。

小明聽完，高興得合不攏嘴。

警察問他：「你拿了這100萬後想做什麼？」

小明忙著說：「我正窮得連開車駕照都辦不起，所以第一件事就是趕快去辦個駕照。」

他的妻子在一旁聽得直瞪眼，趕快搶著跟警察說：「別聽他瞎說，他一喝醉了酒就胡說八道！」

一直在車裡迷迷糊糊打瞌睡的老岳父這時醒來，看見那警察，氣得直嚷起來：「你看你看，我早就跟你們說過，這偷來的車根本就開不遠！」

想家

小明因為業務關係到北部出差，幾件事一耽擱下來，已過了十天。晚上，他終於忍不住跑到妓女院，掏出二仟元，要求一個最醜的女子。

招待的人奇怪地問說：「二仟元，我們可以給你一個最年輕又漂亮的。」

小明搖搖頭說：「不！我要最醜的。」

招待的人說：「這樣不公平，我們不能讓你吃虧。」

小明不耐煩的說：「你們以為我是笨蛋？我只不過是想家罷了！」

時間還沒到

一對新人在教堂舉行結婚典禮，到了互換戒指的時候，緊張過度的新郎竟然忘了這件事。牧師非常焦急的舉起手指，做出套戒指的動作，並眨著眼睛暗示新郎。

只見新郎脹紅著臉，結巴地說：「牧師，那不是今晚洞房之夜才做的嗎？」

告解

小明覺得自己罪孽深重，所以他決定到教堂去找神父告解。

當他到教堂時，他走進告解室對神父說。

「神父，我有罪。」

「是的孩子，告訴我你做了什麼，上帝會釋免你的。」

「神父，我小時候看見一隻小母狗……而且路上沒有人，所以我很調皮地去摸小母狗的咪咪……』

「嗯，這沒關係，你那時還小不懂事，別在意。」

「神父，我和女友一直有著親密的關係，這樣已經三年了從沒什麼要緊的事發生。昨天，我去她家找她時，只有她妹妹一個人在家，所以我和她妹妹上床了。」

「孩子，這是不對的，但你還是可以得到神的釋免。」

「神父，上個禮拜我到她辦公室去找她，但除了一個她女同事外，沒有其他人在那裡，我也和她的同事上床了。」

「這實在是很不好的行為。」

「神父，上個月以前，我到舅舅家去找他……但只有舅媽一個人在家，所以我又和舅媽上床了。』

「……」

「神父？……神父？」突然男子發覺神父那邊沒反應，他走到神父那邊發覺神父不在告解室裡，所以他開始尋找神父。

「神父？你在那裡？」

他找了又找，終於他在鋼琴底下找到神父。

「神父，你為什麼躲在那裡呢？」

「抱歉孩子，我聽到你說你到舅舅家的時候，突然發覺這裡只有我一個人……」

巧辯

某一個班上的學生，在討論世上有是否有鬼的話題，碰巧被老師聽到。

老師：「你有看過鬼嗎？」

學生：「沒有……」

老師：「那就代表世上沒有鬼！」

另一個聰明的學生就反問老師。

學生：「老師，你看得到你的腦嗎？」

老師：「當然看不到……」

學生：「那就代表你沒有腦！」

投手

小明和小王是熱愛棒球的好朋友，常爭論著天堂是不是也有棒球隊，某日小明不幸升天了，不久後就托夢給小王。

小明：「我告訴你一個好消息和一個壞消息。」

小王：「什麼好消息？」

小明：「天堂真的有棒球隊耶！」

小王：「那壞消息？」

小明：「下個禮拜三的先發投手是你。」

取暖

小明：「天氣好冷喔……！」

小英：「去牆角取暖吧！」

小明：「為什麼？」

小英一個微笑：「因為，牆角有90度。」

要不要爽一下啊

婦人買了隻鸚鵡，但鸚鵡總是說：「嘿嘿！寶貝，要不要來爽一下啊！」

婦人聽了很生氣，但有無可奈何。他們家附近的教堂有個神父也養鸚鵡，這隻鸚鵡很乖，每天都在禱告。

婦人就去問神父：「你這隻鸚鵡怎麼那麼乖，你也幫我調教一下這隻鸚鵡吧！」

神父：「好吧！」

然後他們就用「近朱者赤」的方法把兩隻鸚鵡放在一起。

婦人的鸚鵡一進去籠子就對神父的鸚鵡說：「嘿嘿，寶貝，要不要來爽一下啊？」

神父的鸚鵡就說：「啊！太好了！我禱告4年的願望終於實現啦！」

爸爸的解釋

有一天小明問爸爸：「爸，『生氣』、『憤怒』、『抓狂』以及『哭笑不得』有什麼不同？」

爸爸說：「我做個實驗給你看，就容易懂了。」

於是他翻開電話簿，隨便找一個姓李的電話號碼，便撥了電話過去，電話接通了，爸爸便按擴音鍵讓小明聽清楚。

爸爸：「請問成龍在嗎？」

對方：「你打錯了！」

爸爸：「少來了，成龍在嗎？」

對方：「跟你説你打錯了！」説著就把電話掛了。

之後，爸爸立刻又打電話過去-

爸爸：「請問成龍在嗎？」

對方：「誰啦！你打錯了。」

爸爸：「請問成龍在嗎？」

對方：「媽的，神經病。」又把電話掛了。

爸爸馬上又撥了一通

爸爸：「請問成龍在嗎？」

對方：「你到底是誰？少無聊了喔！」

爸爸：「我是李連杰，我要找成龍。」

對方：「你是白癡啊，我還洪金寶咧！你去死好了！」説完，就把電話甩上。

爸爸告訴小明：「這就是『生氣』。」

「接下來，讓你看看，什麼叫『憤怒』吧！」

爸爸又撥一通電話過去

爸爸：「請問成龍在嗎？」

對方：「你欠扁是不是？要找成龍打去中國啦！媽的，要是再打來，給我試試看！」說完就更用力的甩上電話。

爸爸告訴小明：「這就『憤怒』。」

「接下來，讓你看看什麼叫抓狂吧！」

接著，爸爸又撥了一通電話，這次隔了一段時間才有人接，電話一接通……

對方：「他媽的！去你老母！」正當他破口大罵的同時……

爸爸：「請問，是李公館嗎？」

對方：「喔，真是很抱歉！因為剛有人惡作劇，我不是故意要罵你的！」

爸爸：「沒關係，請問成龍在嗎？」

對方：「哇你娘卡好！」這次沒等他罵完，爸爸就把電話掛了。

「這就是『抓狂』。」爸爸告訴小明：「你懂了嗎？」

「嗯！」小新點點頭：「但什麼是『哭笑不得』呢？」

爸爸笑了笑，又打了同一個號碼，對方快速接起電話

對方：「喂！你是他媽的存心要找麻煩嗎？」

爸爸：「我是成龍，請問剛剛有沒有電話打來找我……」

好想笑喔

「笑」和「話」是兩個很要好的朋友，有一天「笑」死掉了，

「話」跪在他的墳墓旁邊，哭著說：「嗚……我

好想笑喔！」

這一切都是誤會

天氣又開始變得冷颼颼了，還飄著絲絲的細雨。

姊妹兩人要去逛百貨公司，經過公車站牌附近的銀行，就想先去銀行外面的提款機領點錢，但不巧正好碰到運鈔車正在補鈔。

兩人站在提款機旁邊等了半天，手都快凍僵了，還不時要忍受保全警衛飄來懷疑的眼光。

姊一如往常簡短的問我：「凍手嗎？」

我照舊簡短地回答：「凍手！」

頓時，四個保全警衛的其中兩位將槍頭轉向了我們。

姊似乎嚇呆了，沒有做任何的解釋。

我著急大聲地對姐喊道：「姐！他們這樣，妳怎麼都還不開腔呢？」

頓時，四個保全警衛的槍頭全轉向了我們，然後我們就被扭往派出所。

警察問我姐：「妳叫什麼名字？」

我姐：「蔣英羽。」

警察稍微提高音量：「妳叫什麼名字？」

我姐：「蔣英羽。」

警察大聲：「妳．叫．什．麼．名．字？」

我姐也大聲回道：「蔣．英．羽！」

警察：「好、好、好！英語就英語嘛……What is your name？」

姐生氣的沈默以對，警察無奈轉頭問我：「那妳呢？What is your name？」

我有點怕，很快的回答他：「蔣國羽。」

警察：「@#$%&……」

該誰睡不著

半夜了，小明還在床上翻來覆去睡不著。老婆問他：「你怎麼啦！不舒服嗎？」

柯思歎道：「我欠鄰居小華三千元，他說明天要還他錢，我哪有錢呀！恐怕到天亮也睡不著了。」

「就這點小事？」老婆翻身下床走到窗前，推開窗戶，朝對面大聲喊道：「小華，你還沒睡吧？我丈夫明天還不了你的錢！」說完就關上窗戶，對小明說：「沒問題了，你安心睡吧！現在輪到小華睡不著了。」

魔神的願望

有一對夫婦在打高爾夫球，球場附近都是豪宅。

丈夫說：「妳打球的時候還是小心一點，把人家的窗口打爛了，賠不起的。」

太太說：「知道了！知道了！別煩。」

一球飛去，就那麼巧打破了人家的窗子。

丈夫大叫：「唉！現在我們只好去向人家道歉

了。」

他們走到這家門口前敲門。

「進來。」屋裡一個聲音傳出。

他們打開門，看到滿地都是碎玻璃，還有一個古董瓶子也打爛了。

沙發上一個男人說：「你們就是打爛玻璃窗的人嗎？」

「是！」丈夫回答：「對不起！」

「你們根本不用道歉。」那個人說：

「我要感謝你們都還來不及，老實告訴你吧！我是個魔神，被關在那個瓶子裡已經有一千年了。現在你們把我解放，我可以給你們一人一個願望，留一個給我自己。」

「好極了！」丈夫大叫：「我要在有生之年，每年有三百萬。」

「沒問題！三百萬已存入你的戶口。」

太太說：「我要在全世界都有間大屋。」

「沒問題！屋契已給妳送上。」

夫婦大樂，問魔神：「那你的願望呢？」

魔神向丈夫說：「我在瓶子裡一千年，沒碰過女人，我的願望是和你太太做愛。」

夫婦商量了一下，覺得自己什麼都有了，給魔神來一下舒爽的，也沒甚麼關係。

魔神就把太太帶到樓上去，大戰三百回合之後，魔神累了躺在床上休息，隨手點了根菸抽，然後轉身問那太太：「你們都多少歲了呢？」

「我們都已經三十五了。」那太太回答。

那魔神懶洋洋地笑著說：「都三十五歲的人了，還相信有魔神？」

忘了插插頭

一對夫婦正在睡覺，結果老公不小心把手放在老婆的乳頭上，之後老公夢見自己正在轉收音機，其實正在轉他老婆的乳頭，轉來轉去發現怎麼都轉沒有聲音，就說了一句夢話：「奇怪怎麼沒聲音？」

老婆就很害羞打一下老公，說著：「老公，你沒插插頭怎麼會有聲音？」

不要臉

男：「我好喜歡妳喔！我真的很喜歡妳，我可不可以親妳？」

女：「不要臉！」

男：「那我親嘴好了……」

袋子裝

小明：「老闆，我要一杯青蛙撞奶。」

老闆：「好的，你要用袋子裝嗎？」

小明：「不要！我要用杯子裝。」

好累喔

小明剛剛結婚不久。某夜，老婆正在廚房忙著晚餐。小明為了體貼老婆，想幫老婆做點家事。於是就對親愛的老婆說：「老婆，我能幫忙什麼嗎？」

老婆說：「看你笨手笨腳的，找點簡單的，就剝洋蔥好了。」

小明想這個簡單不過了。不過剛剝不久，小明就被嗆得一把鼻涕一把淚。心想，這可不是一件容易的事，又不好意思去向老婆請教，只好打電話向老媽討救兵。

老媽說：「這很容易嘛，你在水中剝不就得了。」

小明於是按著老媽的方法，完成了老婆的任務，開心的不得了。

隔天，小明打電話向老媽說：「老媽，妳的方法真不賴，不過好雖好，美中不足的就是要時常換氣，好累喔！」

新科技

小明：「太好了，我要當爸爸了。」

小美：「可是我不想生孩子。」

小明：「為什麼？」

小美：「我怕痛！」

小明：「你說生產痛嗎？」

小美：「嗯！」

醫生：「這你不用擔心，最近最新科技的儀器，可以將痛苦轉移。」

小明：「會有什麼後遺症嗎？」

醫生：「是沒有，但是……」

小明：「但是？」

醫生：「此儀器會把帶卵子者的痛，轉移到精子生產者身上，而且會乘以2倍……」

小明：「身為一個男人，這不算什麼！」

小美：「我好愛你喔！」

（過了3個小時，小美正在生產中）

小美：「哇！好痛喔！醫生可以用痛苦轉移的儀器了嗎？」

醫生：「好吧我把力量轉移到20%！」

小明：「原來生產痛就這樣而已，根本不會痛！醫生再調高一點！」

醫生：「不行！再調高我怕你會受不了。」

小明：「沒關係，我能忍受。」

醫生：「好吧！（醫生將力量調到５０％）」

小明：「醫生你到底調了沒阿！根本不痛啊！再調高一點好了！」

醫生：「已經調到５０％了！不能再高了……」

小明：「沒差啦！根本不痛！」

醫生：「（真是怪物啊……）好吧！就照你說的吧！（醫生將力量調到１００％）

（生產結束後）

小美：「老公你好勇敢喔！」

小明：「還好啦，根本不會痛！」

（回到家後，小明才發現隔壁老王家正在辦喪事。）

家醜外揚了

一對夫妻，每日都忙著自己開設便利商店的生意，以致家中雜事無暇料理，因此，他們請來一名外籍女傭來幫忙。

有一天，女傭低頭掃地，突然假髮掉落，被這夫妻發現，才知道她不僅禿頭，而且全身都不會長毛，這引起丈夫的極大興趣。

丈夫突發奇想的要求妻子成全，能夠設計讓他一睹女傭全身精光無毛的模樣，妻子經不起他的苦求，也就同意了。

晚上，妻子向女傭告知，希望能觀看其裸體的風采，女傭則有些不好意思的說：「說實在的，叫我一個人脫光衣服怪難為情的，這樣吧，我們兩人一起洗澡，妳不就全部看見了嗎？」

妻子覺得有理，就與她一起進入浴室，脫光衣服洗澡。

當這偷窺春光的艷會完畢後，丈夫回到房間內向妻子大聲咆哮：「妳幹嘛要跟她一同脫光衣服洗澡呢？」

妻子說：「她一個人不好意思脫，所以我就陪她脫了。」

丈夫說：「妳可知道，當時我可是約了小李、小陳、小王他們一起來看的啊！」

夫妻對話

妻：「對於性你有什麼看法？」

夫：「看法是沒有，做法倒很多。」

妻：「這次的海邊聚會我穿比基尼去，你說好不好？」

夫：「不行！這樣別人會以為我是看上妳的錢財而跟妳結婚的。」

妻：「老公！我這頭髮會不會很醜？」

夫：「不會。妳的醜跟頭髮沒關係。」

妻：「來看看我有沒有斷掌？」

夫：「不用看了，鐵定有的。」

妻：「為什麼？」

夫：「不然我的一生怎麼會斷送在妳的手裡。」

妻：「老闆，一瓶米酒，給我老公的。」

老板：「一瓶就夠嗎？妳老公的酒量是有名的

喔。」

妻：「用喝可能不夠，不過用砸的一瓶應該夠了。」

本是同根生

今早，小英和小雅在吵架……

小英：「妳這隻豬！」

小雅：「哼！妳才是豬咧！」

看不下去的老師說話了：「既然都是豬，就該和平相處。」

母牛

有一天，有個商人帶著一頭母牛跟一頭小牛要去做生意。

走到一個強盜出沒的地方，這時他心理就想著：

哪來那麼多強盜，就算有也沒那麼容易遇到吧！

偏偏好死不死，強盜出現了。

強盜把他身上所有財物跟衣服全部扒光，並且把母牛帶走，只留下沒用的小牛，為了怕他去報官兵，還把他綁在樹上。

過了兩天，終於有人路過，並且放了他，他一被鬆繩，就拿起鞭子往小牛身上猛抽……

路人甲：「好了好了，就算東西被搶，母牛被帶走，也不用拿小牛出氣吧！」

商人：「不是啦，我被綁起來的時候，我跟他說我不是母牛我不是母牛，牠還一直吸我那裡……」

蔣幹致電給曹操

蔣幹給曹操打電話蔣幹：「操你嗎？我幹。」

曹操：「我操，你誰啊？」蔣幹：「我幹啊！」曹操：「我操，你到底是誰啊？」蔣幹：「我幹啊，你操吧。」曹操：「他媽的，你到底是誰啊，我操！」蔣幹：「我幹，我幹啊！」曹操：「我操！」

此時蔣幹得媽媽接過電話：「我幹他媽啊，你操吧？操你媽呢？」

懷孕

老婆對老公說：「我那個已經遲了一個月了，會不會是懷孕了？」

老公說：「親愛的，先別著急，過幾天我們去看了醫生再說。」

第二天，台電的員工來催繳電費：「小姐，妳已經遲了一個月了，請趕快處理，不然會讓我們很難做的。」

老婆驚叫道：「什麼，我遲了一個月，就連台電都知道了？」

台電員工不屑的說：「這有什麼好奇怪的，現在已經是網路時代啦，我們只要線上一查就知道了，沒有不能說的祕密！」

老婆已經歇斯底里了：「Oh My God！線上就能查到？」

第三天，老公聽了老婆的敍述決定要去台電找他們經理理論：「你們吃飽了太閒就對了！我老婆遲一個月你們也要查是怎樣，信不信我去找律師告你們！」

台電經理：「請您先別生氣，慢慢聽我說，其實要銷掉也很簡單阿，只要繳錢就可以了。」

老公更生氣了：「幹！還要伶北給錢？伶北沒錢，怎樣？」

台電經理面露難色，心想這顧客可真難對付：「那……也只好切斷你的……」

老公這下緊張了：「啊？不繳錢就要切斷我的？那我以後用什麼？」

台電經理安慰道：「你可以用蠟燭代替……」

馬的名字

一名男子一天突然被老婆大打一頓，原因是她老婆找到他口袋中留一個女人的名字的紙條。

他說：「那是我去賭馬，這是那隻馬的名字！」

幾天後他又被老婆打……

她說：「你的馬剛剛打電話來找你！」

吉野家

小明和小華因為聯考的關係，在圖書館唸了一天書，直到肚子餓了，兩人協議去附近的吉野家用餐。

才剛點完餐，小明的母親就打電話來。

「喂，小明啊！這麼晚了還不回家，人在哪裡啊？」

小明覺得被誤會，不耐煩的說：「我人在吉野家啦！」

「那你到底要玩到幾點啊？你給我叫吉野的媽媽來聽電話！」

不能明著做

一位救生員向一名泳客抗議：「我已經注意了你三天了，先生，你不能在游泳池小便。」

泳客：「每個人都會在游泳池小便啊。」

救生員：「沒錯！先生，但只有你站在跳板上。」

烏龍一場

某大公司老闆巡視倉庫，發現一個工人，坐在地上看漫畫書。

老闆最痛恨工人在工作時間偷懶，便問：「你一個月的月薪多少？」

工人回答：「三萬。」

老闆立刻叫祕書發給工人三萬塊，並且對著工人大叫：「拿了錢給我滾！」

事後老闆問其他職員：「那工人是誰介紹來的？」

職員說：「他不是我們公司的人，他是其他公司派來送貨的。」

大便比賽

很久以前在一個不知道哪邊的小村莊，每年都會舉辦一年一度的大便造型比賽

會選出造型最特殊的大便進行頒獎。

村長：「今年第三名由小華獲得！是一條長1公尺的巨型大便！請問你怎麼大的？」

小華：「哈哈哈！為了大這條我從半年前忍到現在都沒大過，果然一大驚人！大的過程中還要小心不能夾斷他，很辛苦呢！」

村長：「今年的第二名由阿呆獲得！是很多很多細碎的大便薄片，請問你怎麼大的？」

阿呆：「我啊！從一年前就不斷鍛鍊我的肛門括約肌，讓我能在一秒之內瞬間夾１０次，我就是利用這個方法把大便夾成薄片的。」

村長：「好啦終於來到最期待的時刻，第一名……由小明獲得！是一個無敵鐵金剛造型的大便，實在太強啦！請問你到底是怎麼大成的？」

小明：「……幹！我用手捏的。」

初夜

女祕書因工作出色，在老闆的撮合下，她和一名能幹的職員結了婚。

初夜……

新郎：「小聲點……別人聽到了多難為情！」

新娘：「你做這種事的時候，怎麼跟老闆一模一樣呀？」

語言的魅力

老師問學生，如果和心儀的女孩約會，突然要上廁所，要怎麼說。

A同學：「我要去撒尿。」

老師：「太不雅了，換一個方式說。」

B同學：「不好意思，失陪一下，容我去趟洗手間。」

老師：「還不錯，但是可以在婉轉一點，還有誰可以舉例一下？」

C同學緩緩站起來：「容許我離開一下，我去見一下我的朋友，如果有機會，今天晚上我想介紹他給你認識。」

歷史測驗

歷史期末考時，有一題填充題：

黃帝建都「有熊」

堯建都「　　」

舜建都「　　」

小明動了動腦，寫出以下的答案：

黃帝建都「有熊」

堯建都「有獅子」

舜建都「有老虎」

小明的作文

有次國文老師出了一道「我」當作文題目。

小明寫道：「小時後我家房中積螞蟻，老鼠到處跑，與豬當作伴，生活非常辛苦；爸爸忙種田，媽媽忙織布，弟弟不學好，妹妹忙著抓螢火蟲，我每天晚上利用牆上破洞的光線看書，頭髮還吊橫樑，屁股插圖釘；夏天要脫光衣服餵蚊子，冬天我要臥冰求鯉魚，白天要披豬皮取鹿奶，晚上要跳脫衣舞給父母看；父母肚子餓時，我要負責哭出竹筍來，父母生病時，我要負責吃大便；每個月還要固定打破大水缸救小孩子出來，必要時還要砍斷櫻桃樹來證明我的誠實；每次想到我坎坷的過去，淚水便忍不住奪框而出……

命名

有一天，一個印地安小孩問他爸爸說：「爸，我的名字怎麼來的？」

父親回答說：「我們族人命名都是以小孩子剛出生時，父親看到的第一見事物來命名的。像你哥哥，他剛出生時，我一出門就見到了天空，所以他叫『藍天』。像你姊姊她剛出生時，我一出門就見到小鳥在飛，所以她叫『飛鳥』這就是我們族人命名的方式。

然後，父親想了一下，然後回過頭說：

「對了！狗屎，你剛剛問我什麼問題？」

挑食的魚

小明的釣魚技術不好，從早到晚一直更換魚餌。

一下用小魚、一下又用小蝦，但是一條魚也沒釣上。後來，他憤怒的丟下釣竿不再釣了，然後，從口袋裡掏出許多零錢，惡狠狠地丟在水裡說：

「都是一些挑食的魚！喜歡吃什麼自已去買好了啦！」

牛奶

清晨上班擁擠公車上，一位小姐正在享用早餐——牛奶和麵包，此時公車緊急煞車，小明不小心推到吃早餐的小姐，想不到該小姐生氣回頭罵他：「擠什麼擠，把我的奶都擠出來了！」

搞錯順序

一個酒鬼一天上街買酒喝，忽然他瞥見街角一家酒店貼著一張：「只要完成三個難題，就可以免費喝一年的酒」的告示。

酒鬼見機不可失，便進去向酒保詢問：「你要向三個難題挑戰啊？好吧！首先，你必須一口氣喝掉這杯加滿胡椒的龍舌蘭，第二，我們後院有一隻河馬牙齒痛很久了，你必須幫牠拔牙，第三，看到對面的公寓了嗎？那裡住著一個女人很久都沒滿足了，你要讓她滿足！」

酒鬼一聽馬上躍躍欲試，於是他便一口氣灌完了那杯龍舌蘭，突然他感到整個人都要燒起來了，就一鼓作氣的衝到後院，後院立刻傳出河馬的尖叫聲，過了不久酒鬼衝出來了，他大聲地問酒保：「快！你說那個

『牙痛』的女人在哪？」

麥克風

中國的內地裡一個偏遠的山上，住著一對母女，過著非常簡樸的生活，許多現代化的電器用品都從未見過，某天，因為山上有反叛份子出沒，母子遭牽連，被中國的公安抓了起來，且分別被關在不同的監獄中，這時已經五月，母親節快到了，女兒非常想念母親，便前去求典獄長見母親一面。

典獄長說：「見面是不可能的，但我可以拿麥克風讓妳錄一段話給妳媽媽聽。」

那女兒是連聲感謝，然而典獄長又說了：「不過呢！妳得先幫我做一件事，說罷便站起來將褲子脫去，用手指了指自己那裡，並露出淫穢的奸笑，女兒看了，歡歡喜喜地用雙手握住那支棒狀物，對著它大聲地說：「媽媽，母親節快樂！」

洗澡關門

男生、女生，為何洗澡要關門？

A、男生：怕鳥飛出去！

B、女生：怕鳥飛進來！

鬼故事

小明是一個單親家庭，每天靠著媽媽拾荒維生，上學也都是申請低收入戶。他跟同學也沒什麼來往，課業也是普普通通，但是有一個同學叫做小華，他送一張不要的樂透給小明，小明心理想：「我又沒這麼好運會中。」就塞在口袋。

後天，樂透對獎時間到，就跑去對面的麵店看電視兌獎，結果發現他真的中了頭彩四千萬，他趕緊回家告訴媽媽，媽媽也很高興。

之後他們母子倆就買了新房子，但是剛搬進去第一天，小明做了惡夢，發現有一個伯伯跟他講說他死了，被埋在牆壁裡面，小明起初不以為意。第二天又夢到了，伯伯求著小明救他出去，小明還是不理他，到了第三天小明又夢到了，只好忍不住拿起工具挖了起來……

「咚、咚、咚……」

挖到一半，小明突然看到人類的手指頭，心裡揪結了一下，但他還是沿著手指頭一直挖，突然一張伯伯的臉出現……

一直瞪著小明……

一直瞪著小明……

小明不敢看，但伯伯卻發出了聲音……

伯伯：「三更半夜不睡覺，再挖啥小啦！」

出身貴族的狗

一個男子怒氣沖沖地對寵物商店的老闆説：「你把狗賣給我看門，但是昨天晚上小偷進我家偷了我300元，牠連叫都沒有叫一聲。」

老闆立即回答：「這條狗以前的主人是千萬富翁，所以300元牠根本不放在眼裡！」

不是歧視

某天夜裡，一名裸男叫了一輛計程車，開車的女司機正目不轉睛盯著他看。

裸男大怒罵道：「妳他媽的沒見過裸男呀！」

女司機也大怒：「我看你他媽的從哪裡掏錢出來付我車資！」

十任老公

一女子兩年內離婚十一次。問其何故，搖頭苦答：「一任夫君開採石油的，平常鑽太深，受不了；二任老公消防隊的，拔出來就噴，難受；三任老公建設局的，脱了又穿，穿了又脱，瞎折騰；四任老公做養殖的，一連兩次水乾了才搞，不痛才怪；五任老公是警察局的，喜歡綁住幹活，不准我動，苦不堪言；六任老公是黑社會的，光談話，會唬人，就是不搞正事；七任老公是個玩古董的，整天輕手輕腳捧著看，比真搞還難受；八任老公是個外科醫生，不見血不停手；九任老公是中研院的，整天吵著要創新；十任老公是國稅局的，整天就知道睡、睡、睡。 最後一個老公是公務員，只知道走「後門」！

英文不好的下場

某公司經理叫祕書轉呈公文給老闆，「報告老闆，下個月歐洲有一批訂單，我覺得公司需要帶人去和他們開會。」

老闆在公文後面短短簽下：「Go a head!」

經理收到之後，馬上指示下屬買機票、擬行程，自己則是整理行李。要出發那一刻，卻被祕書擋下來。

祕書：「你要幹什麼？」

經理：「去歐洲開會啊！」

祕書：「老闆同意了嗎？」

經理：「老闆不是批 Go a head 嗎？」

祕書：「你來公司那麼久，難道你還不知道老闆的英文程度嗎？老闆的意思是：『去個頭！』」

校長的忠告

新學期開學，一位新來的教師體罰了一名學生，校長馬上召見該教師。

校長：「學生是我們衣食父母，我們不單只不能隨便體罰，而且還要按他們的考試成績做不同的對待。」

新教師：「如何對待？」

校長：「例如學生考試得A，你要對他好，因為他以後可能是科學家，會對社會有所貢獻；假如有學生考試得B，你也要對他好，因為他以後或會返校當老師，可能是你的同事；假如有學生考試得C，你也要對他好，因為他以後一定會賺大錢，會捐給學校很多錢。」

新教師：「但我體罰的那個學生，偷作弊，賄賂老師，冒充家長簽名，侵吞學生會公款，欺詐同學金錢。」

校長：「啊！這種學生，你要對他更好，因為他以後，很有機會當總統。」

惡作劇電話

學生寢室裝電話以后，一段時間電話惡作劇盛行。

一天，小美一個人在寢室里看書，突然電話鈴響，小美提起電話，「喂」了幾聲，對方卻始終沒回音。下午五點時，，類似的電話又打來了，這已經是當天的第五次了，小美再也忍耐不住：「討厭！你再不說話我就要罵人了喔！」

第二天中午，大家正在寢室吃飯，電話又來了，小美搶先拿了起來：「你再不說話，就別怪我就不客氣啦！」

只是對面傳來一個標準的性感的男聲：「小姐，你好！這裡是電話服務中心，因為系統昨日故障，影響了您部分通話，我們向您表示歉意，現在我們已經排除了故障，但還要請您協助進行以下測試……」

可愛的小美馬上說：「好，好！」

「請您將你電話上的鍵從1按到0。」

小美照做。

「好的，請您在按一遍，以便確認。」

小美又重按了一遍。

「好的，小姐，經我們測試……你的智商為零！

哈哈！」

小美被戲弄後氣的一天沒說話。

第三天，又是小美一人待在寢室的時候，電話來了，又一個好聽的男人的聲音，但明顯與上次不同：「小姐，你好！這裡是電話服務中心……」

還沒等對方說完，小美就火冒三丈：「你去死吧！」

剛要放下電話，誰知對方說：「小姐，我想你一定是誤會了，這裡的確是電話服務中心，我們得知您受到以我們中心為名義的不良電話騷擾，特來澄清，並承諾將這事追查到底。」

小美一聽，臉紅了：「是這樣啊……不好意思。」

「沒關係，現在我們想了解一下當時的情況，請您將昨天發生的是描述一遍。」

小美猶豫了一下，還是將昨天的事原原本本說了一遍，當說到對方罵她「智商為零」時，可愛的小美臉紅到了耳根。

「好的，小姐，經我們再次確認，您的智商還是為零。」

一槍雙鵰的做法

有一天，有一位法官在打高爾夫，他遇見另一個同好，兩人自然就聊了起來。

法官首先先介紹了他的名號，另一人道：「不瞞您說，我是個殺手。」

說罷，眼見四下無人，就將他的望遠鏡和來福槍拿給法官欣賞。

法官拿著望遠鏡亂看，竟看到自己的老婆在和別的男人做見不得人的事，他當下非常生氣，立刻下單給那位殺手。

殺手說：「我的子彈很貴，一顆五百美金。」法官當下清點了一千元，叫他殺了那對狗男女。殺手決定優待他，讓他選擇被害人中槍的地方。

法官說：「那個婆娘平時就只會叫叫叫，射爛她的嘴，還有那個垃圾竟敢搞我老婆，把他命根子打爆。」

說完後，只見殺手遲遲不肯動手，法官憤怒不已，殺手於是說道：「你別叫，我在幫你省五百塊美金！」

學習能力

一個美國人、一個韓國人、一個台灣人在叢林探險， 結果全被吃人部落抓去了。

部落酋長說：「我今天心情好，不吃你們，但你們都得挨一百個板子！不過……在挨板子之前，你們都可以說一個願望！」

先挨板子的是美國人。

他說：「挨板子前，先給我屁股墊上1個坐墊。」

墊擺好，板子如雨點般落下；先前70板還可以，70板之後坐墊被打爛，然後就是板板見血……打完，美國人摸著屁股逃走了。

韓國人見狀後，要求墊10個床墊。 1、2、3……100打完，韓國人起身，拍拍屁股，沒事；然後笑著對自己的模仿能力和再創造能力吹噓一番，並坐一邊看台灣人的好戲。

結果台灣人慢慢趴下，悠哉悠哉地說：「來，把韓國人給我墊上。」

測謊機器人

某天，爸爸帶了一台機器人回來，這台機器人聽說很特別，有著會賞說謊的人一巴掌的機能。

之後有天，小明放學以後回到家已經是很晚的時間了，然後爸爸就問小明:「為什麼搞到這麼晚才回來？」

小明就回答：「因為今天學校有個課後輔導。」

這時，機器人突然起身，往小明的臉頰上巴了一巴掌。

爸爸說：「聽好，這個機器人能夠感測到謊言，然後往說謊的人臉上打下去，你還是趕快老實說吧」

小明只好老實說：「我去看電影了！」

爸爸又進一步的問:「什麼電影？」

「暮光之城……」不等小明說完，機器人又往他的臉上打了一巴掌。

「對不起……爸爸，其實我是去看了『3D肉蒲團』」

「不知羞恥！為什麼要看那麼低俗的電影？以前爸爸在你這個年紀可不會去看那種東西也不會擺出這種態度！」

說完機器人就往爸爸臉上給了他用力的一巴掌。

聽到這些的媽媽、就從廚房裡面探頭出來笑著說：

「不愧是父子，果然是你的兒子」

然後……媽媽也被賞了一巴掌。

店員和黑道大哥

有個黑道大哥去7-11買東西，店員結了帳給他兩枚點數。

大哥問：「這是幹嘛的？」

店員答：「你再『積八點』就可以換獎品。」

然後店員就被扁了。店員解釋是個誤會後，大哥這才熄怒，在門口抽煙消氣。

這時店長George（喬治）要離開了，店員就對門口正要離開的店長喊：「George拜！（就機巴）」

說完，店員就被扁第二次。

大哥扁完了店員還是無法消氣，想說不投訴一下不行！

大哥抓著臉被打腫的店員大聲的問：「你叫什麼名字？」

店員沒氣的回說：「Kenny（肯尼）梁……」

店員被扁第三次。

大哥臨走前又問：「集8點（機巴點）可以換什麼？』

店員手指玩偶：「可以換那隻……」

大哥：「這隻是啥小？」

店員哭著說：「草、草……草……泥馬……』

肉比較多

有兩個人遇難在孤島上非常飢餓，終於有一個人願意犧牲小雞雞來填飽自己和另外一個人的肚子，正準備他要切的時候，另一個人擺著智慧的眼神說：「停！」

「等一下！先把它搓大再切這樣肉比較多！」

千人斬計畫

網路上看見一名援交妹叫做「三長兩短」，小明心想怎麼有這麼晦氣名字，但還是加了她好友，況且聊得不錯，所以就約出去開房間。

第二天早上看見她名字已改成「三長三短」……

只有兩件事不會

小張去找工作時，老闆問他：「你會些什麼？」

小張：「嗯……我只有兩件事不會而已」

老闆：「哇！這麼厲害啊！那說說看你不會哪兩樣呢？」

小張：「這個也不會，那個也不會」

聰明的司機

有一個博士學問很淵博，常常到處演講、講課，於是就請了一個司機來開車，比較方便到遠地演講，普通的司機通常都在車上休息，不過這個司機很有好學之心，博士在講課他就在下面聽。

過了半年以後，有一天司機跟博士說：「你講的那一套我都學會了」

博士大笑說：「我講的那些都是很專業的，你怎麼學得會？不然你說給我聽看看！」

司機就從頭到尾講了一遍給博士聽，而且講的非常好。

博士心想……我從小書念了二十幾年才念到博士，你開了半年車就都給我學會了，所以心理很不平衡的說：「好，那改天穿我的衣服上去講課，我穿你的衣服在下面當司機，這樣你敢不敢？」

司機就說：「好呀，試試看！」

於是有一天司機就穿博士的衣服上去講課，從頭到尾講了一遍，講得很好，觀眾在台下一直鼓掌，然後就有一個觀眾問了一個很深入，很專業的問題，博士心想：呵呵……這下子司機終於下不了台了喔！

沒想到司機說：「你這個問題問得很好、很深入、很有水準，不過不用我回答，我叫我的司機來回答就好了。」

日行一善

某小學老師正在批閱小朋友所交上來的日行一善實例，發現小明和小華內容寫得 都是「扶老太婆過馬路」，而且時間地點一模一樣，就叫來兩位質問他們。

小明無辜地答道：「沒辦法呀！她一直不願過去，我就和小華一起架著她過去。」

冒牌修女

有個流浪漢坐公車的時候在車上看到一位很美麗的修女，他就很想要跟她做愛，於是他就問修女：「妳可不可以跟我做……」

修女：「你這個無恥的色狼！並且給了他一巴掌！」

於是這個流浪漢就很慌忙地逃下車。下車的時候司機對他說：「你怎麼這麼笨！修女的老闆就是上帝，你只要扮成上帝的樣子，她就會聽你的話了。」

結果流浪漢信以為真的跑到教堂戴上面具，並掛上十字架，果然過了不久修女出現並且很虔誠的祈禱。

這時流浪漢說話了：「我就是上帝，所以妳要聽我的話，我要妳跟我做愛！」

修女只好答應了，但是修女又說：「可是我想要保有我的貞潔，所以請你從『後面』來……」

流浪漢心想沒差，於是他們就開始做了，到了一半流浪漢突然撕下面具說：「哈哈！妳上當啦！我不是上帝，我是流浪漢！」

沒想到修女也撕下面具說：「哈哈！你也上當了！我不是修女，我是公車司機！」

殘而不廢

有一個寡婦，守寡已久，難耐寂寞。因此她決定結婚，於是她提出徵婚條件：

1、不可以打她。

2、不可以離開她。

3、性慾要強。

隔日，有個沒手沒腳的男人來找她。

寡婦問他符合什麼條件，他說：「妳看，我沒手不能打妳，我沒腳不能離開妳，至於那檔事嘛……妳想想我剛剛是用什麼敲門的？」

禱告

有一艘船在大洋中由於船底破了一個大洞，眼見不久就要沈船了，船長在甲板上問著旅客：「請問，有誰會禱告的？」

一位旅客自告奮勇的說：「我會！」

船長對著身旁的助手說：「除了剛剛那位先生外，每個人發一套救生衣，我們剛好少一套。」

苦工

囚犯的太太向典獄長抱怨。

太太：「請你們不要虐待犯人，我丈夫說他每天都做事做得起水泡。」

典獄長：「我們並沒有讓妳丈夫做粗重的工作啊！」

太太：「怎會沒有？他說夜裡都要挖地道。」

超車

一人騎著駱駝走在沙漠的公路上，見一轎車從後而至，便將車攔下，說道：「我覺得很熱，想吹一下冷氣，能否載我一程？」

「是沒什麼問題啦，只是你的駱駝……」

「沒問題，牠會跟在你的車後的。」

車主半信半疑，以六十公里時速開著，見駱駝很輕鬆地跟在後頭，便將車速加至八十，駱駝還是很悠哉地跑在後面，此時車主有心一試駱駝的能耐，便將車速加至一百二十。

「你的駱駝不要緊吧！我看到牠伸出舌頭了耶。」車主很緊張問著。

「真的嗎？伸向哪一邊？」

「左邊。」

「那快把車子偏向右邊一點，牠要從左邊超車了。」

自保

有一個嬰兒剛出生之後，就會哈哈大笑，而且樂不可支，在場的護士都大感驚奇看傻了眼，大家這時候才發現小孩拳頭緊握，掰開後，發現是一顆墮胎藥……

這時候小嬰兒說話了：「想殺掉我？沒那麼容易！」

項羽的馬

有天上國文課時，老師講到「辛棄疾」的破陣子。

老師：「歷史上共有三匹有名的千里馬，一是『的蘆』，劉備的座騎。那麼還有兩匹有名的馬叫什麼呢？」

學生A：「關羽的赤兔馬！」

師：「很好！那麼還有一匹呢？是誰騎的？」

一遍寂靜過後……

師：「真的沒人知道嗎？」

講臺下傳來一個猶豫不決的聲音：「是爪黃飛電嗎？」

師「爪黃飛電？不對！給你們一點提示好了，騎的人是項羽，那麼他騎的是什麼馬呢？」

學生B：「是虞姬！是虞姬對吧！」

老師：「什麼虞姬！我是問白天騎的，不是晚上騎的！」

擺了一道

有一天，在一輛火車上有四個人。

一個年輕貌美的女子和她的媽媽；一個男學生和一個對他嚴肅的男老師。

火車進了隧道後，漆黑一片。突然，聽到一聲親吻聲跟一個巴掌聲，大家都在想一件事，但都沒有說出來。

年輕貌美的女子想：一定是那個學生想吻我，但他吻了我的媽媽，幸好，媽媽懂得打他一巴掌！

媽媽就想：一定是那個學生想吻我的女兒，幸好，女兒懂得打他一巴掌！

老師就想：一定是那個臭小子吻人家的女兒，弄到我被人打錯了一巴掌！

學生就想：我的計劃真完美，我吻了自己的手，然後打了老師一巴掌！

老師的評語

週記：2月30日，星期一，晴。

今天一天都沒有出太陽，真不好，爸爸買回兩條金魚，養在水缸淹死一條，我很傷心。

老師評語：我也很傷心，我活了這麼大，2月還從來沒有遇上過一個30號呢！也從來沒有見過不出太陽的晴天，更沒見過會淹死的金魚。

造句：一邊……一邊……

小明寫道：他一邊脫衣服，一邊穿褲子。

老師批語：他到底是要脫還是要穿啊？

造句：其中

小朋友寫道：我的其中一隻左腳受傷了。

老師批語：你是蜈蚣嗎？

造句：陸陸續續

小朋友寫道：下班了，爸爸陸陸續續的回家了。

老師批語：你到底有幾個爸爸呀？

造句：難過

小朋友寫道：我家門前有條水溝很難過。

老師批語：老師更難過。

造句：又……又……

小朋友寫道：我的媽媽又矮又高又胖又瘦。

老師批語；你的媽媽是變形金鋼嗎？

造句：你看

小朋友寫：你看什麼看！沒看過啊！

老師批語：是真的沒看過。

造句：欣欣向榮

小朋友寫：欣欣向榮榮告白。

老師批語：連續劇不要看太多了！

造句：好吃

小朋友寫：好吃的屁。

老師批語：有些東西是不能吃的。

造句：天真

小朋友寫：今天真熱。

老師批語：你真天真。

造句：果然

小朋友寫：昨天我吃水果，然後喝涼水。

老師批語：「果然」是一句詞！

同性戀

一個男人心情沉重地在酒吧喝酒。

服務生：「先生，心情不好嗎？有心事說出來聽聽嘛！」

男人：「我是同性戀。」

服務生：「那又怎樣？」

男人：「我哥哥也是同性戀。」

服務生：「……」

男人：「更糟的是，我弟弟也是。」

服務生：「……難道你家沒人喜歡女人？」

男人：「有！我妹。」

自由

有一位紳士在結婚25週年的宴會中，黃湯下肚後，竟然跟他的律師扭打了起來……眾人拉開他們，問他為什麼打人？

他說：「我忽然想起來，結婚五週年的那個晚宴上我偷偷問律師，如果我今晚把老婆給殺了，我會怎麼樣，他勸我萬萬不可，因為殺人要坐20年牢，叫我非打消這個主意不可……今晚，我想到如果我20年前照著自己的意思去做，今天我就重獲自由了！」

鑰匙錯了

某位英勇的戰士在上戰場前用貞操帶將他的女友鎖住，並將鑰匙給了他的好友且吩咐說：「我如果三年內還未歸來，你便可將它開了。」

於是他安心的駕馬上前線，行至半路就聽到身後馬匹追趕聲，原來是他的那位好友。

好友說：「大哥，你給錯鑰匙了！」

生孩子

某天小明上班時接到一通電話，只見小明講沒兩句就匆匆忙忙的跑去向經理請假。

小明對經理說：「經理，我要請假，我老婆要生孩子！」

經理：「好的，你快去，這種事不要耽誤！」

於是小明二話不說，飛也似的就走了，二十分鐘後，小明有點衣衫不整的回來。

經理看到他就問：「怎麼這麼快就回來了？生男的還是女的？」

小明：「十個月後才知道。」

抓抽菸的人

小明、小華、小新三人躲在廁所抽菸，小王在外把風。突然教官來抓人，小王通知廁所內的三人，三人快速的把菸丟掉拿出棒棒糖來吃。

教官進了廁所聞到菸味，懷疑三人有抽菸，又苦無證據，便開始觀察三人的動作。

小新拿著棒棒糖的姿勢是用食指與中指夾的，一下就被教官抓住了。

小華想，那有這麼笨的人，他拿棒棒糖的樣子就很正常，但他發現小新一下子就被抓，暗地偷笑，一不小心習慣性的拿棒棒糖彈了一下菸灰，於是小華也被抓了……

至於小明真的太正常了，沒有拿菸彈煙灰的動作，教官對他幾乎放棄了，準備走人的時候，他突然想到一個方法，走了幾步，突然回過頭來大叫：「教官來了！教官來了！」

只見小明匆匆忙忙的將棒棒糖丟在地上，右腳很用力的想把它踩熄，所以小明也……

虧大了

小明考前沒念書，考試當然只能乾瞪眼，除了名字之外，就剩白卷一張。所以他交卷時，還在答案卷正頁下方寫著『請看背面』，然後在背面寫上「哈哈哈！老師你被騙了！」的字言耍老師。

數日之後，班長把考卷發給大家，小明把考卷拿來一看，正面下方也用紅筆寫著「請看背面」，等他把考卷翻過來一看時，上面寫著：

「哈哈哈！小明你被當了！」

這不是我的錯

小明在電話亭跟朋友聊完天後，打了通電話給學校的教官。

小明：「教官，我現在很害怕，電話亭玻璃外面有一堆人惡狠狠的人盯著我。」

教官：「你別害怕，我馬上趕到！對了，是什麼原因？」

小明：「我也不知道……只知道他們在我打電話的時候就一直盯著我看……」

教官：「有多久了？」

小明：「有四小時左右了吧。」

性教育

女兒：「聽說『第一次』很痛，是怎麼個痛法呢？」

媽媽：「想像把一根胡蘿蔔塞到妳鼻孔裡……」

女兒：「喔……那生小孩呢？聽說更痛？」

媽媽：「想像一下，把一顆西瓜塞在妳鼻孔裡再拉出來那種感覺……」

女兒：「什麼！」

兒子問老爸：「為什麼A片裡的女主角，嘿咻嘿咻時會露出很舒服的樣子啊！」

老爸說：「就像你挖鼻孔一樣，當然舒服了。」

兒子又問：「那為什麼嘿咻嘿咻時，女的會比較舒服呢？」

爸爸說：「因為你挖鼻孔時，舒服的是鼻孔，而不是手指啊！」

兒子再問：「那為什麼聽說女性被強暴時會很痛呢？」

爸爸說：「如果有一天你走在路上，有人過來挖你鼻孔，你會舒服嗎？」

兒子又問：「那為什麼月經來時，就不能嘿咻嘿咻呢？」

爸說：「如果你流鼻血，你還會繼續去挖鼻孔嗎？」

兒子繼續問：「為什麼很多男人不喜歡戴保險套？」

爸爸說：「你會戴手套挖鼻孔嗎？」

喝海尼根屁股會痛

某天一個流浪漢喝到酩酊大醉倒在公園裡睡覺，這時有個同性戀路過看到這個流浪漢長相滿帥氣的，於是就撲了上去。

做完後，同性戀在走之前放了100元在流浪漢旁邊，流浪漢醒來之後發現100元後，很高興又去買了一罐海尼根。之後同性戀每天都會去公園找那位流浪漢

直到某天，同性戀和他的一群同性戀朋友又在公園看見那位流浪漢，之後，到了早上流浪漢看到口袋裡已經塞滿10張100元鈔票。

流浪漢很高興的跑到酒行跟老闆說：「老闆我要

一箱台啤！」

老闆看了一眼，便說：「你之前不是都喝海尼根的嗎？」

流浪漢摸摸屁股說：「喝海尼根都會感覺屁股痛痛的……」

他媽的，打歪了

一群修女和一群教士一起打高爾夫球，有個教士的球技似乎不大好，老打偏，一打偏他就罵：「他媽的，又打歪了！」

某修女在旁邊很覺不滿，心想你是一個教士，怎麼能污言穢語呢。於是她就跪在地上祈禱：「上帝啊，懲罰這個有罪的人吧！」

片刻之後，只見雷鳴電閃，轟隆一個大雷，當即把那修女劈倒在地。大家都楞住了。正在不知所措之際，只聽到天上傳來一個沉悶的聲音：「他媽的，打歪了！」

躺著也中槍

小兔說：「我媽媽叫我小兔兔，好聽！」

小貓說：「我媽媽叫我小貓貓，也好聽！」

小狗說：「我媽媽叫我小狗狗，也很好聽！」

小雞說：「你們聊，我先走了！」

小兔說：「我是兔娘養的！」

小貓說：「我是貓娘養的！」

小雞說：「我是雞娘養的！」

小狗說：「你們聊，我先走了！」

貓對我說：「我是你奶奶的貓，好聽！」

狗對我說：「我是你奶奶的狗，也好聽！」

魚對我說：「我是你奶奶的魚，也很好聽！」

熊說：「你們聊，我先走了！」

浪客說：「人們叫我浪人，好聽！」

武士說：「人們叫我武人，也好聽！」

高手說：「人們叫我高人，也很好聽！」

劍客說：「你們聊，我先走了！」

林志穎說：「崇拜我的歌迷都說：偶的偶像叫穎。」

劉德華說：「崇拜我的歌迷都說：偶的偶像叫華。」

張學友說：「崇拜我的歌迷都說：偶的偶像叫友。」

陳小春說：「你們聊，我先走了！」

高等數學老師說：「這學期我教高數。」

大學物理老師說：「這學期我教大物。」

資訊管理老師說：「這學期我教資管。」

社會經濟老師說：「你們聊，我先走了。」

北京大學的說：「我是北大的。」

天津大學的說：「我是天大的。」

上海大學的說：「我是上大的。」

屌門大學的說：「你們聊，我先走了！」

李宗仁將軍說：「我這人，有仁！」

傅作義將軍說：「我這人，有義！」

俞大維將軍說：「我這人，有維！」

霍去病將軍說：「你們聊，我先走了！」

老張家的門是原木做的，老張說：「我家的門是木門。」

老李家的門是塑膠做的，老李說：「我家的門是塑門。」

老王家的門是石頭做的，老王說：「我家的門是石門。」

老劉家的門是鋼料做的，老劉說：「你們聊，我先走了！」

白色的玉說：「我叫白玉。」

碧色的玉說：「我叫碧玉。」

黃色的玉說：「我叫黃玉。」

杏色的說：「你們聊，我先走了！」

師範學院的學生說：「我是師院的。」

職業學院的學生說：「我是職院的。」

空中學院的學生說：「我是空院的。」

技術學院的學生說：「你們聊，我先走了！」

眼鏡蛇

爸爸想考驗兒子的野外求生能力，於是問他：「假如你在野外碰到眼鏡蛇，你該怎樣？」

豈料兒子竟答：「先打破牠的眼鏡，然後趕快逃走！」

闖紅燈

有一天小明坐計程車去火車站，司機穿著背心、嚼著檳榔在開車。

經過一個黃燈，司機毫不猶豫闖黃燈。小明尖叫:「司機、司機！你怎麼闖黃燈！」

司機裂嘴一笑：「不用怕！我哥都這樣還不是沒出過車禍。」

又經過一個紅燈，司機依然毫不考慮的闖過去。小明又尖叫：「你怎麼連紅燈也闖！」

司機大笑：「不用怕啦！我哥一直這樣還不是沒事。」

又經過一個綠燈，司機立刻猛踩煞車。

小明破口大罵：「你有病啊！黃燈你也闖！紅燈你也闖！綠燈居然停車？」

司機一臉無辜的說：「我怕我哥從另外一邊衝出來。」

模型

小明拿了一疊玩具鈔票到模型店裡買飛機。

店員：「小弟弟，你要買什麼呢？」

小明指了一架很酷的模型飛機，「就是這架飛機！」同時付了一疊玩具鈔票。

店員和氣的說：「小弟弟，你的錢不是真的喔！」

小明一臉不高興地說：「難道你的飛機就是真的了嗎？」

賭注

小明天性好與人打賭，他老爸對此非常擔心，深怕長大會成為一個賭徒，於是打電話給小明美麗的女導師，導師答應明天放學後會將小明留下開導。

隔天放學後，老師將小明留下開導，小明聽了聽後跟老師說：「好吧，那我再跟妳賭一次，若我輸了，以後決不再跟人打賭。」

老師也答應了。

小明：「老師，我打賭一千元妳不敢把衣服脫光給我看。」

老師看四下無人，心想：「今天終於要給你個教訓了」，於是就把衣服脫光。

小明看了看後，把一千元拿給老師，然後低著頭，不發一語的回家了。

晚上，老師自豪的打電話給小明的父親，表示她已讓小明改正了打賭的惡習。

小明的父親說：「未必，老師，小明昨晚和我打賭五仟元，說妳會把衣服脫光給他看，而我也躲在教室後面證實是我輸了。」

保險套

有一對兄弟住在鄉下裡，不過他們倆沒什麼性知識，結果有一天來了一位妙齡女郎。

女：「對不起，我迷路了，我可以借住一晚嗎？」

兄：「當然可以，請進。」

到了半夜，女郎露出了本性。

女：「我們來玩一種叫『做愛』的遊戲如何？」

兄弟倆：「好呀！我們最喜歡玩遊戲了。」

女：「不過，在玩遊戲前，我們必須載上一種叫保險套的東西，以防安全。」

兄弟倆：「好呀！就讓我們戴上吧！」

就這樣，他們就搞了一個晚上。

四十年後，這兩位兄弟在公園裡散步著。

弟：「哥哥，你還記得四十年前，有一位女郎到我們家借宿一晚，然後她教我們玩遊戲的事嗎？」

兄：「當然記得呀！」

弟：「那你還記得她說為了安全而叫我們倆載上那個叫什麼保險套的東西嗎？」

兄：「當然也記得呀！」

弟：「可是，我想經過這麼久了，應該不會再有什麼安全上的問題了吧！」

兄：「廢話，當然沒問題，都已經這麼多年了，還會有什麼問題呢！」

弟：「哥，既然這樣，那我們今天就把保險套脫下來好了。」

兄：「好呀！那有什麼問題。」

說的也是事實

一位老先生，體能狀況很差，就問健身房的教練：

「我想吸引年輕的美眉，請問該使用哪一種機器？」

教練回答：「外面的提款機！」

兔子和熊

有一天，熊和兔子在森林裡玩耍，兩人跑呀跳的，沉浸在自由的歡樂天地中。突然，熊感覺肚子一陣疼痛……

「兔子！我……想上大號！」

「喔！那我們一起去吧，反正我也有便意了。」

兔子很有義氣的陪著熊蹲在草叢裡頭，開始歡樂的大號。

拉到一半，熊看著兔子說：「兔子！你毛沾到大便……沒有關係嗎？」

「沒關係啊！怎麼了？」兔子被熊這樣一問，覺得有點怪。

「沒事，繼續拉！」熊肚子繼續用力，沒多久，又開口問。

「兔子，你的毛沾到大便，沒有關係嗎？」

「喔喔，沒關係啦！到底怎麼了？」

「沒事！」

「上大號一定會沾到一點的啊！洗掉就好了，幹嘛一直問這種問題？」兔子抱怨。

最後，熊拉完屎了，站了起來拍拍屁股，再問：

「兔子，你的毛，沾到大便，真的沒關係？」

「你很煩耶！就跟你說沒關係……」兔子話還沒說完，熊就把兔子抓起來擦屁股了。

教導有方

某精神病院裡來了高官視察環境，裡面的醫生為了給這個高官好印象，於是帶這些病人唱一首歌歡迎歌，並且告訴他們說：「等一下長官來的時候大家一起唱歌就可以吃糖果，但是只要有一個人沒唱歌，就沒有糖果了喔！」

沒多久，高官來視察，在醫生的指導下，全部病人都很認真的唱歌，突然有一位病人從隊伍中跑出來，用力的往高官頭頂上敲了一記重拳，然後大聲斥責的說：「你是不想吃糖果了嗎？還不快唱！」

缺錢時的妙招

有一天，小明急急忙忙的跑到廚房對著媽媽說：「快給我一百塊！我就告訴你爸爸昨天對女傭說了什麼！」

媽媽聽了很緊張趕緊給他一百塊接著說：「快！他說了什麼？」

小明：「爸爸說：『這些衣服記得燙一燙』。」

茶包

有一天有三個吸血鬼到飲料店買飲料。

第一個跟老板說：「我要一杯很濃的血。」

第二個說：「我要一杯很淡的血。」

第三個說：「請給我白開水。」

老闆問:「你怎麼不跟他們一樣點血來喝？」

第三個吸血鬼從口袋拿出用過的衛生棉說：「我有茶包。」

生物小考

有次生物考試，只出了一題：

「蛀牙、爛蘿蔔、懷孕的女人」三者的共同點為何？

結果全班除了三個人以外，其他人都拿鴨蛋。

其中兩個人80分，他們的答案是：「都是蟲惹的禍！」

只有一個100分，他說：「拔得太慢！」

還是學生厲害

有一天，國文老師要驗證學生的對偶能力，出了一道題目。

師：「一鄉二里共三夫子不識四書五經六義竟敢教七八九子十分大膽。」

一位學生立刻出了對子。

生：「十宮九院共八太監不解七情六慾竟敢說五四三話一等下流。」

師：「那二耶？」

生：「太監無老二……」

大雄與數學

有一次大雄上數學課

老師問大雄問題說：「大雄你有一百塊，給胖虎十塊，你還剩下多少？」

大雄說：「剩零元。」

結果老師很生氣的說：「大雄，你根本不懂數學！」

大雄回答：「老師，你根本不懂胖虎！」

才藝表演

有個人上大學面試，當面試官要他才藝表演的時候……

面試官：「請你表演一項才藝。嗯，你的表演是什麼呢？」

他：「嗯……我……我想表演一分鐘內模仿74個人。」

面試官此時眼睛放出光芒（一秒要幾個阿？）

面試官：「喔？那就請你開始吧！」

他：「好的，請開始計時吧！」

他：「首先第一個模仿國父孫中山。」

他做出了一個躺著的姿勢。

他：「因為國父已經往生，往生的人當然是躺在棺材裡。」

面試官：「那下一個？」

他：「接下來是蔣中正。」

然後又做出了一個躺著的姿勢

他：「因為蔣中正也已經往生，當然也是躺在棺材裡。」

他在此時問面試官：「還有幾秒？」

面試官：「還有30秒。」

我朋友：「喔，只剩這樣阿……那我就在剩下30秒內把剩下72人模仿完。」

於是，他……他又做出了一個躺著的姿勢然後說：「這是黃花崗七十二烈士。」

學者的實驗

一個物理學家，數學家和化學家一起到海邊去。

物理學家說：「我要研究海洋那運動的規律性。」於是就跑向海裡。

數學家說：「我要研究海浪潮起潮落時的曲線。」於是也跑向海裡。

但過了很久之後，二人都沒有再回來，於是化學家提筆寫下：「物理學家和數學家可溶於水。」

會錯意

美麗的女醫生在醫院大受男病人的歡迎，浪漫、多金的追求者眾多。當然，也遇到不少性騷擾……

有一天，陳先生在醫院做完不孕症檢查後，美麗的女醫生要檢查陳先生的精蟲數目有沒有減少。她給他一個密封的小玻璃罐子，要他回家裝些樣本帶來。第二天，陳先生再來，女醫生卻發現玻璃罐仍是空空如也。

陳先生解釋說：「昨天，我先用右手試了半天，沒有動靜，我改用左手試還是沒有用，所以我叫我太太來幫忙，她也是兩隻手都試也是沒有用，我請她用嘴巴弄，仍然沒有辦法。」

女醫生聽得滿臉通紅。

陳先生仍不停地說：「剛好我表妹到我家來送禮，她比較年輕體力好，我就拜託她來幫忙……她也是先用手，再用嘴，很努力地……」

「停！停！」女醫生再也忍不住了：「這種事……你找你表妹幫忙做？」

陳先生說：「她很樂意啊！可是還是不行！我才來找妳，看妳能不能？」

女醫生一聽怒問：「我能不能什麼？」

陳先生：「能不能幫我把這個玻璃罐的蓋子打開

啊？」

狗娘養的

女孩向神父告解她所犯的罪………

女孩：「神父，我有罪。」

神父：「孩子，妳犯了什麼罪呢？」

女孩：「昨天，我罵了某個男人一句『你這個狗娘養的！』」

神父：「為什麼？他對你做了什麼嗎？」

女孩：「他……他摸了我的胸部。」

神父：「妳是說像這樣子嗎？（神父伸手摸女孩的胸部）」

女孩：（因為神父的舉動而有一些害羞）「嗯……是的。」

神父：「只是這樣子的話妳沒有理由罵他啊。」

女孩：「但是……他又把我的衣服脫掉……」

神父：「你是說像這樣子嗎？（神父動手脫掉女孩的衣服）」

女孩：「是的，是這樣子沒錯。」

神父：「可是這樣子妳還是沒有理由罵他啊。」

女孩：「然後……他把他的………那個……放到我的……那個……裡面……」

神父：「（奸笑貌）妳是說像這樣子嗎？（神父和女孩就那個那個了）」

女孩：「（數分鐘後）呼呼呼……是的……就是這樣子………」

神父：「我親愛的孩子，就算是這樣妳還是沒有理由罵他啊！」

女孩：「但是他有愛滋病呀！」

神父：「那個狗娘養的！」

神明顯靈

有一個人為了簽大樂透跑去廟裡拜拜，求神問卜後，花了幾千萬買了全餐。

結果大樂透開獎之後，他卻輸了幾千萬，於是一肚子火就走向那座廟想要發洩。

他趁著沒有人時候跑去廟裡把佛像丟了出來，最後越想越氣，乾脆又放了一把火把廟給燒掉了，人也就離開了自己的傷心地。

數年後，他又回到了當地，發現那座廟變得非常雄偉。他便去問問當地人，得到的答案是，幾年前廟燒了起來，佛像還會自己跑出來……

好消息和壞消息

話說小明知道自己得了癌症時日不多，便跑去讓醫生檢查。

隔天醫生通知他說：「我有一個好消息和一個壞消息要告訴你」

小明：「好消息是……？」

醫生：「你還有兩天可活。」

小明：「那壞消息是……？」

醫生：「我昨天忘記通知你。」

操作方式

話說電腦課是現在的學生必上的一門科目，對於小明而言卻是讓他一輩子都忘不掉的記憶。

一天，台上的老師滔滔不絕的講述著電腦的使用方法：「來，各位同學，現在請將滑鼠移到螢幕的右下角。」

大家移動著滑鼠，只見小明一個人把滑鼠「拿」起來，「放」在螢幕的右下角。

就是今晚

有位兩性專家應邀參加一個演講。在會場上他提出一個理論，認為性行為越多的人越快樂，精神越好，臉上的笑容越多。他對聽眾說道：「如果大家懷疑的話，我們現場做個調查。請每天一次的人舉手！」

果然，舉手的人很明顯的比會場上的其它人看來更快樂。

「一週一次的請舉手。」

舉手的人多了些，這些人看起來還不錯，但比不上一天一次的人。

「那麼一個月一次的人請舉手！」

這時候舉手的人看起來都沒什麼笑容，看來這位專家的理論真的沒有錯。

最後專家又問道：「請問有沒有一年一次的？一年一次的朋友請舉手？」

結果真的有一名聽眾舉手了。

這下問題來了！這個人看起來很興奮，笑容滿面，似乎是會場內最快樂的一個人。專家頗為不解，這個人怎麼不合他的理論？於是專家便請教他能這麼快樂的原因。

這個人帶著興奮的語氣說：「因為……就是今晚！就是今晚了！」

誰比較厲害

有三隻老鼠常在一起聊天。有一天，三隻老鼠又在酒吧相遇，第一隻喝了一杯威士忌，喝完就碰的一聲，將酒杯放在吧台上說：「我家主人放的那捕鼠器，我根本不放在眼裡，我都把那上面的乳酪吃掉，再拿它來練臂力。」

第二隻老鼠聽了後，不以為意地喝完500cc的啤酒後，碰的一聲，也將酒杯放在吧台上說：「我都把我家主人放的毒老鼠藥磨成粉當作古柯鹼來吸。」牠做了一個吸毒的動作。

第三隻老鼠聽完後，點了一杯2000cc的超大杯啤酒，一口氣喝完，碰的一聲把酒杯放在吧台上轉身就走，其他兩隻老鼠訝異的問：「嘿！你呢？你都不說話？」第三隻老鼠聽到後，轉過身來說：

「我要回家上我家主人的貓……」

男人

某大學中文系正在上「以文解字」，今天討論的是「男」字。

教授這時問大家一個問題：「為什麼『男』字上面是田，下面是力呢？」

小明：「因為男人要負責種田嘛。」

教授：「很好。小花，妳能告訴大家為什麼下面是一個力字呢？」

小花想了想說：「男人下面沒有力，還能叫男人嗎？」

情書

我把你的名字寫在天空裡，可是被風吹走了

我把你的名字寫在沙灘上，可是被海沖走了

我把你的名字寫在每一個角落……可是我被警察抓走了！

湖中女神的故事

有一天雞農掉了隻雞在湖裡，湖中女神問他你掉的是金雞？還是銀雞？

雞農誠實的說他掉的是普通的雞之後，女神把三隻都給了他，金銀雞生雞銀蛋，雞農從此過著富裕的生活。

鴨農得知此消息，故意把鴨丟進湖裡……於是鴨就游走了。

酒桶

某人聖誕節前夕買了一大桶好酒放在戶外，以便聖誕節夜晚上與鄰居朋友們分享。

距離聖誕節夜晚上還有22小時，他發現酒已經少了四分之一，便在酒桶上貼了「不許偷酒」四個大字。

距離聖誕節夜晚上還有20小時，酒又少了四分之一，他非常生氣又貼了「偷酒者殺無赦」六個大字。

距離聖誕節夜晚上還有18小時，酒還是被偷，只剩下了四分之一，他的都快氣炸了！他的一個朋友知道了此事，就對他說：「笨蛋！你不會在酒桶上貼上『尿桶』二字，看誰還敢偷喝！」

他覺得挺有道理，就照辦了。

距離聖誕節晚上還有12小時，他才剛起床，迎接美好的早晨的時候……

酒桶已經滿了。

新婚夜

新婚夜，新娘跟新郎說：「我終於抓到你的把柄了！」

新郎回說：「我終於找到妳的漏洞了！」

神農氏

這天，老師問大家：「誰知道神農氏有什麼功績？」

班長馬上舉手說：「老師我知道，是嚐百草。」

老師很滿意地說：「嗯，不錯，果然是班長，都有在念書。」

接著，小明不服氣地舉手，問道：「老師，你知道神農氏死掉之前所說的話嗎？」

老師說：「老師不知道耶！」

小明說：「老師，我來告訴你吧！那就是……

靠！這根有毒……」

老師：「……」

各國的反應

有一次船難，僅存的兩男一女漂流至一荒島上。

假如這兩個男的是西班牙人，他們會展開決鬥，決定那女子屬於誰的？

假如這兩個男的是法國人，他們用不著決鬥，兩人自然就會談好，誰在白天與她在一起，另一個則在晚上，這樣三人可以和樂融融。

假如這兩個男的是中國人，他們會請示上級，請上級決定誰能擁有她。

假如這兩個男的是台灣人，他們會暗中送紅包，並開始對女的「利益收買」。

假如這兩個男的是日本人，請大家放心，任何小兒科的姿勢難不倒他們的！

讓人會錯意的訓語

期中考後，某女校男導師對學生訓話著。

男導師：「我在上面汗流浹背，妳們在下面動都不動！已經三年了，妳們肚子裡到底有沒有一點東西？」

嚼口香「痰」

有一天上課時，老師看見小明在吃口香糖，嘴巴嚼來嚼去的，老師發現後叫了他出來責備他不該上課嚼口香糖。

小明說：「報告老師，我沒有。」

老師就檢查他嘴巴，發現空無一物，不一會，小明嘴巴又在嚼來嚼去的，老師又叫他出來，但是結果一樣沒發現軟糖或口香糖。

到了第三次，老師忍不住了問他，我不處罰你，但你要告訴我你到底在嚼什麼？

小明說：「最近有點感冒，痰比較濃……」

故技重施

園丁在果園抓到一個偷蘋果的小孩，在送小孩去見園主的路上，小孩說把帽子忘在果園裡了，園丁說：「好吧，你去拿，我在這等你」，結果小孩一去就沒回來了。

一星期後，園丁又捉到同一個小孩，「這次我一定要抓你去見園主！」

「等一等，先生，我把帽子忘在果園裡了。」

這時園丁胸有成竹說道：「這次你騙不了我，你在這等我，我幫你去拿！」

酷刑

有一個旅人在山中迷路了，在他快要餓死之前，終於發現前方有一棟大房子。

他用盡僅剩的力量前去敲門，來開門的是一個老頭子，旅人要求借住一晚，並給他一頓好吃的。

老人答應他的請求，不過有一個條件，就是不能碰他的女兒，要不然要承受世界三大酷刑的刑罰。

旅人想：「我現在快餓死了，管你女兒美如天仙，我也沒那力氣。」於是答應了那老人。

在吃飯時，那旅人發現老人的女兒真的美如天仙。於是在經過充份休息之後，他決定去找老人的女兒「解決需要」。隔天旅人醒來的時後，發現自己的肚子上壓著一顆大石頭，石頭上貼著一張紙寫著：「世界三大酷刑之一」

旅人輕易的將巨石舉起往三樓的窗外一丟，這時他又發現自己的肚子上貼著一張紙，寫著:「世界三大酷刑之二」

這時他看見自己左邊的蛋蛋用繩子綁在石頭上，

旅人當機立斷，立刻從窗戶跳了出去。

這時，他在房子的外壁發現另一行字，寫著:「世界三大酷刑之三」

他看見自己右邊的蛋蛋用繩子綁在床腳下……

那您也得先排隊才行

某日在丹佛機場的一班聯合航空班機因故停飛，機場櫃台人員必須協助大批該班機旅客轉搭其它飛機，櫃台前排滿了辦手續的人。

這時有一位老兄從排隊的人群裡一路擠到櫃台前，將機票甩在櫃台上並說：「我一定得上這班飛機而且是頭等艙！」

服務的小姐客氣的回答：「先生，我很樂意替您服務，但我得先替這些排在你前面的人服務。」

此時這位仁兄很不耐煩的說：「你知道我是誰嗎？」

只見那位櫃台小姐從容的拿起麥克風廣播道：「各位旅客請注意，23號櫃台前有一位先生不知道自己是誰，如果有哪位旅客能幫他辨識身份的話，煩請到聯合航空23號櫃台，謝謝！」

此時排在後面的旅客都忍不住笑了出來，這位仁兄把臉一擺，瞪著那位小姐，並說：「Fuck you！」

只見那位櫃台小姐露出和氣的微笑回答說：「那您也得先排隊才行。」

榨汁冠軍

某公司舉辦大力士比賽，比賽項目是空手榨柳丁汁。

第一位出場的是一位大學生，肌肉結實，手一捏，柳丁的汁竟然裝滿了一整杯。

主持人大驚：「這位先生，您是……」

大學生：「我是體操選手，專練單槓的。」

第二位出場的是一個身著軍服的年輕人，彎腰拾起大學生捏的柳丁，手一捏，竟然又擠出半杯。

主持人嚇呆了：「您……您……」

軍人答：「我是海軍陸戰隊的。」

第三位出場的是一位光著上身的中年人，全身肌肉橫生，上臂肌竟然比頭還要大，

用手接過那已乾扁的柳丁，用力一捏，竟然又流出了兩三滴！

主持人已合不攏嘴：「……」

中年人答：「別驚訝，我是練北斗神拳的……啊喳！」

就在大獎要底定之時，突然走上來一位乾癟的老頭。

主持人：「喂喂！這位老先生想必您走錯了攝影棚了……」

說那時那時快，老頭從垃圾筒撿起已被三個人捏乾掉的柳丁渣，輕輕一捏，柳丁汁竟然如瀑布般噴出！

全場一陣驚訝，主持人腳一軟：「您……您、您是……？」

老先生：「俺在中華民國國稅局工作的！」

備胎計劃

一天小明要去相親，因為沒看過對方，擔心她長得太醜，於是交代朋友十分鐘後打他的手機，就可以藉回覆電話趁機遁逃。

到了之後，小李發現女方驚為天人，於是心想待會手機響不要回就好。

突然，美女的手機響了。

美女說：「對不起，朋友找我有事，我要先走了……」

這就是結果

有一群蝙蝠很久沒喝到血了，大家都餓的發慌。有一天，有一隻蝙蝠滿口血的飛了回來，大家就一直問他：「你去哪裡找到的血？」

牠說：「你們有看到前面那棵大樹嗎？」

大家說：「有啊！有啊！」

牠說：「我剛才就是沒看到那棵大樹，才撞上去的……」

受洗

某日有一教堂舉行新進修女的受洗儀式，主持的老修女說：「妳們這些新來的女孩子們，在神前必須要好好的懺悔，這裡有一盆聖水，妳們就一個一個過來，看那裡碰過男人的那個地方，就以聖水把它洗一洗吧！」

第一個進來的，用聖水洗了洗手。

老修女說：「嗯，還好只是用手而已。」

第二個進來的用聖水洗了洗眼睛。

老修女想了一下，說：「喔，原來妳只用看的，很好、很好……」

第三個進來後，突然第四個馬上衝了進來，搶在她前面。

老修女問第四個女孩：「孩子，妳為什麼插隊呢？」

第四個女孩子便說：「我……我……我才不要用她洗屁股的水來漱口嘛！」

懲罰

話說宋太宗死後入地獄，閻羅王體諒他曾是一國之君，決定讓他自己決定懲罰方式，於是派牛頭馬面帶宋太宗到處參觀以決定接受何種懲罰。

宋太宗一路上看到的盡是刀山油鍋等血淋淋的悽慘景象，但是到了最後一站卻看到了楊貴妃在替唐明皇做「口交」。

於是就問牛頭馬面：「這也是一種懲罰嗎？」

牛頭馬面回答：「是的。」

於是宋太宗就向閻羅王稟明說自己也要接受此種懲罰，閻羅王就吩咐：「來人啊！把楊貴妃換下來，讓宋太宗替唐明皇……」

球場

小李：「我生了5個女兒，所以我們家可以組一個籃球隊。」

小王：「我生了9個女兒，所以我們家可以組織一個棒球隊。」

小明：「咳！我一共生了18個女兒，那要組什麼球隊？」

小妮：「你可以開一個高爾夫球場。」

專業顧問

一個財務專業顧問收到新印的名片後，氣急敗壞地打電話向印刷廠抗議：

「你們搞什麼鬼？我的名片印成『專業顧門』，少了一個口啦！」

「對不起、對不起！我們馬上幫您重印！」

數日後，重新印的名片寄來了……上面頭銜印的是「專業顧門口」！

弄巧成拙

學長為了逃避兵役，在體檢前一天喝一堆咖啡，想讓自己血壓升高，但檢查通過了，他覺得很沮喪。

過了一年，他在一次演習中受傷，去治療時，護士看到他的血壓，問他：「是誰讓你入伍的？」

學長回答：「有什麼問題嗎？」

護士說：「你血壓那麼低，怎麼會通過體檢呢？」

她是我妹妹

某大學的一位傑出校友回校演講，會後經由訓導主任陪同參觀校園和宿舍，這位校友一時興起，要到他以前住過的宿舍看一看。

校友進到寢室後見到一個男同學神色慌張，校友馬上轉了話題，直說裡面的設備和從前一模一樣：「啊！一樣的床鋪一樣的桌椅，真令人回味無窮！」

他在打開衣櫥一看，發現裡面有個女孩，又說：「啊！一樣有個女孩，真是令人回味無窮啊！」

男同學急忙解釋：「她、她是我妹妹。」

校友接著說：「啊！連謊話都是一樣的，真是令人懷念啊！」

一定是別人幹的

一個八十歲的老人去做健康檢查。檢查途中，老人不斷向醫師炫耀，他新婚的妻子多好又多好。

「她才二十五歲！」老人叫道。

「我們結婚四個月，你知道她對我有多忠貞？她無時不刻需要我，黏我黏到我都感到厭煩了！」

「而且，」老人又說：「告訴你，她最近還懷孕了！」醫師靜靜地聽著。不發一言。

「怎樣？」老人得意洋洋地說。「不錯吧！ 」

醫師抬起頭，看他一眼。「這讓我想到一位失散多年的朋友。」醫師緩緩開口。

「他跟我說過一個故事，是他在非洲狩獵時遇上的故事……」

當時，他在草原上，遇到一頭獅子。他立刻從背上抓下槍來瞄準。

然而，他立刻發現他錯了，他拿到的是雨傘，不是槍。

這時已經太遲，獅子正站在他面前，就快要撲過來。

他沒辦法，只好把雨傘扛上肩，使盡吃奶的力量『砰！砰！砰！』大叫三聲。

奇蹟發生了，那獅子竟然倒下來，死掉了。

「狗屎！這怎麼可能？」老人大叫。「那一定是別人幹的！」

「我也這麼覺得。」醫師說著。

老公很強的真相

有一對已結婚一段時間的夫妻，在性方面已經沒什麼興趣，可以說很不「性」福，老婆因為無法滿足，後來就去找了心理醫師治療，回來第一天晚上老婆穿著性感衣服真的見效了，兩人就過了快樂的一夜，第二天老婆更是火辣，兩人又過了風起雲湧的一夜，老公就覺得很好奇，第三天晚上就偷偷的看老婆在做什麼？只見老婆對著鏡子大喊：「我很年輕！我很年輕！ 」

老公覺得老婆找的那個心理醫師很有效，也跑去看心理醫師，回來第一天晚上只見老公有如猛虎出閘，堅挺不拔，讓老婆很High。第二天老公依然像超人般欲罷不能，搞的老婆有一點受不了，老婆就覺得很訝異，第三天晚上就偷偷的看老公在做什麼？只見老公對著鏡子大喊：「她不是我老婆！她不是我老婆！」

小明的解釋

有一天，老師要大家寫出詞語的意思，而小明卻和大家寫的不一樣：

1. 可愛：可憐沒人愛
2. 聰明：沖馬桶第一名
3. 勇敢：擁抱電線杆
4. 瀟灑：消化不良，大便亂灑

5. 超人：超車撞死人

6. 總統：總務處的垃圾桶

7. 暖器：暖羊羊愛生氣

8. 天才：天生的蠢材

根本不甜

有一天有個女客人點了一杯烏龍綠。

老闆問她：「冰塊？」

女客人說：「正常。」

老闆又問：「那甜度呢？」

那個女人把手指放在臉上說：「跟我一樣甜～」

然後老闆默默轉頭對後面的人喊：「烏龍綠無糖一杯！」

鋼和鐵

有一位外國人來台灣讀書，那位外國人一直分不清楚「鋼」和「鐵」。

結果有一天，那位外國人太晚回家，發現鐵門打不開，於是他就大叫：「房東太太，你的鋼門打不開！」

現實生活

爸和五歲的兒子玩遊戲，爸爸突然想到要玩角色互換，就告訴兒子：「來從現在開始，你當爸爸我當小孩。」

五歲兒子聽完很高興，一邊拍手一邊説好，接著馬上臉一沉，指著牆角説：「現在給我去罰站！」

誰厲害

中央情報局（CIA），聯邦調查局（FBI）和洛杉磯警察局（LAPD）都聲稱自己是最好的執法機構。為此美國總統決定讓他們比試一下。於是他把一隻兔子放進樹林，看他們如何把兔子抓回來。

中央情報局派出大批調查人員進入樹林，並對每棵樹進行訊問，經過幾個月的調查，得出結論是那隻所謂的兔子並不存在。

聯邦調查局出動人馬包圍了樹林，命令兔子出來投降，可兔子並不出來，於是他們放火燒毀了樹林，燒死了林中所有動物，並且拒絕道歉，因為這一切都是兔子的錯。

輪到洛杉磯警察局，幾名警察進入樹林，幾分鐘後，拖著一隻被打得半死的浣熊走了出來。浣熊嘴裡喊著：「OK、OK！我承認我是兔子可以了吧……」

藥引子

某位皇帝在位時，皇宮裡有很多宮女都因為懷春而病懨懨的。

御醫説：「要治這種病，必須以十多名少年來當藥引子。」

皇帝答應其所請求，幾天以後，宮女們個個都變的眉開眼笑的，體態舒展，她們拜謝皇上説：「承蒙皇上賜藥，我們的病都好了，非常感謝皇上的憐惜！」

而數十名少年則俯伏在宮女身後，個個形容枯槁、步履蹣跚，不再有常人的模樣。皇帝問：「那是什麼？」

御醫説：「剩下的藥渣。」

百口莫辯

一名女人很生氣她的丈夫一定要在黑漆漆的房子做愛。有一天晚上她正要和丈夫做愛時，她忽然開燈，她見丈夫手上拿了一條大黃瓜。

這女人大叫説：「你……你就用這傢伙和我做愛

五年？」

男人回答「親愛的，請聽我說……」

女人打斷他的話：「你這個卑鄙小人！你這個性無能的雜……」

男人打斷她的話：「說到卑鄙小人，妳那三個孩子是怎樣來的？」

女人：「……」

客人

一對雙胞胎在母親子宮中討論爸爸、媽媽誰更愛他們。

一個認為是媽媽，「因為媽媽供給我們營養。」

另一個認為爸爸，理由是：「媽媽從來沒有來看望過我們，而爸爸經常進來探望。」

「安靜！」其中一個說：「爸爸來了。」

另一個抬頭觀察了一下說：「不，那不是爸爸，是客人的！」

原來如此

兩個朋友去書攤，其中一人對著老闆說：「有劉備嗎？」

另外一人很納悶的看著他，只見老闆從角落翻出兩本黃色書刊遞了過來。

回去的路上那個朋友就問他：「黃書為什麼叫『劉備』呀？」

他小聲的說：「皇叔。」

情書

小明很喜歡坐同一部校車的一位女生……

一天，他鼓起勇氣傳紙條給坐在後面的女生，紙條上寫著：「我是小明，我很喜歡妳，如果妳願意跟我作朋友，請把紙條傳回來；如果妳不喜歡我，請把紙條丟到窗外去。」

過了一會兒，女生把紙條慢慢傳回來了，小明高興地把紙條打開……

紙條上寫著：「窗戶打不開！」

司馬光砸缸

古時有個孩子叫司馬光，他和小朋友玩耍時，有個小朋友掉進了盛滿水的水缸。

小朋友們慌了哭著找大人。司馬光沒慌，搬起大石頭向水缸砸去；水流出來後，小朋友得救了，大家都誇司馬光說：「你真聰明！這招我們學會了！」

第二天，他們去河邊玩，這次換司馬光跌落河中。小朋友們沒有慌，他們冷靜的搬起一塊塊石頭向河裡砸去。

司馬光：享年9歲。

裸體

有位太太打電話到警察局說：「警察先生，隔壁大樓有位男子裸露身體。」

警察說：「女士，我們馬上就到。」

（五分鐘後，這位警察到達現場）

警察問：「在那裡？女士！」

太太說：「就在這裡，警察先生。他依然我行我素，毫無羞恥地裸露著。」

警察問：「到底在那裡？女士！我並未看到任何裸體男子。」

太太說：「你必須使用望遠鏡才能看到他！」

老公雞的智慧

在寬廣的美西草原上，牧場主人為省一分是一分。

通常養一百隻母雞，只會養一隻公雞以用於繁殖，畢竟公的又不會生蛋，買多了也沒用。

一天，有一位牧場主人，買了一隻新的年輕的公雞回來。因為覺得原本養的老公雞也老了，所以找個年輕的來幫忙。

老公雞看到這隻年輕的公雞就氣呼呼的說：「你來幹什麼！我還強壯的很！不需要你的幫忙！」

年輕的公雞很無辜的說：「我、我只是……」

「不要說了！」老公雞叫道。

「我就不信我比不上你們這些年輕人，這樣吧！我們來做個比賽，你就試著追我吧，如果跑不過我，你就給我乖乖離開這；如果我跑輸你，我就閉嘴，這一百隻母雞都交給你。」

於是這隻年輕的公雞開始追著老公雞在草原上奔跑。

「砰！」突然牧場主人拿起槍來，把年輕的公雞殺了。

「媽的！這已經是我第十一次買到同性戀的公雞了！」

閃電俠和隱形人

話說從前有閃電俠和隱形人兩個人。

有一天閃電俠上街逛逛，突然看到巷子口有一個很漂亮的女人不知為何，兩隻腳張的開開的。

閃電俠的腦中出現歪主意，於是就以閃電的速度衝過去，從那女人的背後「嘿咻」了數十回，完事後又以閃電的速度溜走。

隔天，閃電俠聽說隱形人住院。

閃電俠就跑去醫院看隱形人，發現他下半身纏滿繃帶，就說：「哇！隱形人你是怎麼搞的？你怎麼會傷成這樣呢？」

隱形人說：「唉……我昨天用隱形的身體在巷子口和一個很漂亮的女人「嘿咻」，可是不知道為什麼，有個東西以極快的速度捅了我的屁股數十下……」

原來如此

小明家養了一隻狗，有一次他們請一位客人來吃東西，客人進來的時候，狗還對客人搖尾巴。不過那位客人跟小明家人一起吃飯時，那隻狗一直盯著看他，吼個不停，好像很生氣。

那位客人十分不安，就對小明的爸爸說：「你們的狗看起來好像很兇哦！」

小明的爸爸還沒有回答，小明就跟客人說：「不會啦！牠平常不會那麼兇啦！只是因為你用牠的碗吃飯，牠才會這樣。」

誰才是瘋子

甲：「我家新搬來的鄰居真可惡，昨天三更半夜夜深人靜之候，竟然跑來猛按我家的門鈴。」

乙：「的確可惡！你有沒有報警？」

甲：「沒有！我當他們是瘋子，繼續彈我的吉他。」

付帳知男女

想知道男人和女人的感情狀況，便要看他們付帳時的態度，當男人完全不看帳單便付錢並慷慨地付小費，就代表他正在追求這個女人。

當他開始留意帳單上的項目，他已經把這個女人追到手。

當他開始翻查帳單，並埋怨收費太高，他跟這個女人感情十分穩定。

當他只是瞄了一下帳單，然後由女人付帳，則這個女人已經成為他的太太，並掌握他的經濟大權。

當女人完全不看帳單，只留意男人付多少小費，代表她剛剛開始和這個男人交往。

當她開始留意帳單上的項目，並囑咐男人不要付太多小費時，代表她已經愛上這個男人。

當她埋怨男人翻查帳單，又批抨他付小費太吝嗇，顯然她並不愛這個男人。

當她開始翻查帳單，並埋怨男人付太多小費，她已經成為他太太。

父債子還

太太要先生幫她洗碗，先生不好意思回絕，於是把十歲的兒子叫到跟前，和顏悅色的跟他說：「孩子，現在讓你練習洗碗，以後可以幫太太的忙。」

兒子一臉抱怨的說：「不必了，以後我可以叫我兒子洗。」

烤肉

老師：「下星期五，學校要舉行春季遠足，要大家提出一個可以烤肉的地點。」

小明：「老師到動物園烤肉最好了，因為那裡什麼肉都有！」

老外用餐

有一位美國人來到台灣，晚上去一間中式的餐廳吃飯，美國人吃蝦子剩下來的殼放盤子，當服務生把盤子拿走時，美國人就說：「你們蝦子殼怎處理？」

服務生說：「當然丟掉啊！」

美國人說：「NO、NO、NO！我們做成蝦餅賣給台灣。」

服務生就覺得莫名其妙，摸摸鼻子就走了。

美國人把吃剩下的蘋果皮，又放進盤子裡……

服務生來收盤子時，美國人說：「你們蘋果皮怎處理掉？」

服務生說：「把它丟掉啊！」

美國人說：「NO、NO、NO！我們做成蘋果派賣給台灣。」

服務生心裡更加莫名其妙，想著等等一定要好好出一口氣……

美國人用完餐後，嚼起了口香糖，吃完順手黏在桌子上，服務生見狀，馬上用衛生紙包著口香糖準備要丟掉時候，美國人又說：「你們的口香糖怎處理？」

服務生不耐煩的說：「當然丟掉啊！」

美國人說：「NO、NO、NO！我們做成保險套賣給台灣。」

服務生反問：「那……保險套用完你們怎麼處理？」

美國人想了30秒說：「當然是丟掉啊！」

服務生說：「不、不、不！我們把用過的保險套做成口香糖賣給美國。」

美國人驚訝的說不出話來。

小孩子懂什麼

有一架飛機意外失事，墜毀在一處海上監獄裡頭。

機上共有四人僥倖存活，分別是奶奶、媽媽、姊姊與妹妹。

監獄的罪犯聽到有女人闖入，全都色瞇瞇地跑了過來。

一個身材精壯的年輕罪犯看見青春洋溢的姊姊，便抱起姊姊準備離開，妹妹趕緊一把抱住罪犯大腿，哭喊：「拜託你不要抓走我姊姊！」

結果罪犯一腳踹開妹妹，叫著：「走開啦！小孩子懂什麼？」

過了一會又一個彪形大漢過來，看見風韻猶存的媽媽，便抱起準備要離開，妹妹又跑來抱住大漢大腿，哭喊：「拜託你不要抓走我媽媽！」

結果大漢也踹開妹妹，叫著：「走開啦！小孩子懂什麼？」

後來又來個肌肉猛男，妹妹這次動作比較快，立刻先跑上來抱住猛男大腿，哭喊：「拜託你不要抓走我奶奶，因為我只剩她一個家人了！」

結果奶奶跑過來，一腳踹開妹妹，叫著：「走開啦！小孩子懂什麼？」

大哥大嫂我對不起你們

一日，武大郎出門賣燒餅，而武松和潘金蓮則因天氣炎熱在各自的房間內脫個精光，突然，一隻耗子衝過潘金蓮眼前。

金蓮：「唉呦！」

武松：「是誰吃了熊心虎膽！敢欺侮大嫂？」

武松顧不得自身一絲不掛，一個翻身，翻進潘金蓮房中。殊不知地上一灘積水，武松踏個正著，腳底一滑，身子前傾，造成二人私處緊密結合。

武松：「壞了，我不能對不起大哥！」

武松是條鐵錚錚的漢子，急忙欲之拔出……

金蓮：「我說小叔啊！您這一後退，不就對不起大嫂了。」潘金蓮一陣嬌喘。

武松：「說的是，我豈能對不起大嫂？」武松又將前移二吋。

武松：「不過這……又對不起了大哥！罷了，我堂堂景陽崗打虎英雄，竟然對不起大哥、對不起大嫂、對不起大哥、對不起大嫂、對不起大哥、對不起大嫂……」

標點符號

在一次語文課上，老師給同學出了一道題：「如果世界上女人沒有了男人就不活了。」

要同學們在中間加標點符號，結果所有的女生都是：「如果世界上女人沒有了，男人就不活了。」

而男生的一律是：「如果世界上女人沒有了男人，就不活了。」

老師教的對

小明眼看上學要遲到了，於是翻牆進入校園，沒有想到雙腳才一著地，就看到教官擺著一副臭臉站在他背後。

教官：「遲到就算了，竟然還爬牆！難道你們國文老師沒教過『偷雞不著蝕把米』的道理嗎？看吧！被我捉到了吧！」

小明：「報……報告教官！我只記得數學老師說：『兩點之間，直線最近！』」

日本人

從前，有個日本人到台灣來學習中文。十幾年以後，他不但會說中文，還會說台客家話，而且一點日本腔調都沒有。

「這下沒有人知道我是日本人了吧！」他心想。

有一天，他到高雄一個小漁港去旅行，看到了一個捕吻仔魚的阿伯，於是他心血來潮，向這位阿伯仔以台語打招呼，並問說：「阿伯仔！你知道我哪裡人？」

阿伯仔答：「聽你的口音聽不太出來。」

這個日本人心中暗爽：「想不到我的台語已經進步到如此地步了。」

這時阿伯仔突然說：「如果你有辦法用台語把我抓到的吻仔魚數完，我就有辦法知道你是哪裡人。」

於是，這個日本人就開始以相當正確及很台灣的發音開始數：「一、二、三、四、五……五十七……一百二……」

經過了一個多小時，他回答：「九千七百八十七尾吻仔魚！阿伯仔，我看你絕對猜不到我是哪裡人。」

阿伯仔答：「你是日本人啦，台灣人沒有這麼笨的！」

別張揚

按照慣例滿，老修女又帶著一群年輕小修女，騎著腳踏車到別的村莊做禮拜，途中經過了一些坑坑洞洞，小修女不自覺地悶哼了起來：「嗯……嗯……」

老修女聽到，非常大聲的說：「安靜一點，一點規矩也沒有！」

小修女們聽到老修女的吆喝，馬上閉嘴了，過沒多久又是經過一段顛簸不平的道路，這群年輕小修女變本加厲的叫了起來！

老修女終於聽不下了，於是大聲喊：「在叫就把妳們的坐墊裝回去！」

算錯時機

從前有一對精子兄弟，他們感情很要好，有一天哥哥就對弟弟訓示著。

哥哥：「弟弟，我們要好好的練身體，不然我們就不能跑第一。」

弟弟：「好的，哥哥，我一定要好好鍛鍊身體。」

過了一個月。哥哥果然練了一身好身體，但弟弟卻偷懶，所以身體還是一樣瘦弱，有天終於出征了，當然，哥哥一馬當先，而弟弟卻吊車尾，正當弟弟躺在地上時，

卻看到哥哥衝回來他就問哥哥：

「哥，你跑回來幹嘛？」

「弟，不要跑了，前面有……有、有大便！」

鬥牛

小明到一家有名的餐廳吃飯，聽說那有一道菜叫雙龍吐珠，當這道蔡端上來時，掀開鍋蓋裡面有兩駝大大的都東西，小明吃了一口說：「哇！真是美味！」就問老闆這是什麼。

老闆：「這是鬥牛場上牛死掉後的下面兩顆東西。」

小明覺得這東西對身體不錯，就把它吃光了，後來小明覺得意猶未盡，再到那家店裡去吃，這回老闆送上食物打開蓋子……

「喔！怎麼變這麼小了？」

老闆答道：「鬥牛不一定每次都是人會贏的……」

幹

有位外國佬是一家公司的總裁，有天他招集員工說：「嘿！各位，近年來……公司的經濟一直不好，也沒什轉機，想問各位……如果減薪30%你們幹不幹？」

有一位員工當場敲了桌子一下，大聲說「幹！」

何處有慈悲

小沙彌問正在打坐的老僧：「師父，何處有慈悲？」

老僧抬起右手，指了指門外，閉目不發一言。

小沙彌頓悟了：「原來世間眾生萬物，無論是達官貴人，販夫走卒，還是花鳥蟲魚，一草一木，處處皆有慈悲啊。」

老僧看小沙彌站那裡不動，便說：「門外桌子上，白色的那個就是瓷杯！」

結婚前結婚後

結婚前：往下看↓

他：「太好了！我期盼的日子終於來臨了！我都等不及了！」

她：「我可以反悔嗎？」

他：「不，妳甚至想都別想！」

她：「你愛我嗎？」

他：「當然！」

她：「你會背叛我嗎？」

他：「不會，妳怎麼會有這種想法？」

她：「你可以吻我一下嗎？」

他：「當然，絕不可能只有一下！」

她：「你有可能打我嗎？」

他：「永遠不可能！」

她：「我能相信你嗎？」

結婚後：往回看↑

世界上最強的武功

國際大會最近再討論哪個國家的武功最厲害。

中國第一個跳出來説：「你們沒看到葉問嗎？當然是中國！」

日本説：「哈！什麼中國武術？我們柔道才是最厲害的！」

韓國：「你們都不要爭了！都是韓國起源的。」

台灣只説了一句話，大家都認輸了……

「我們台灣是油電雙掌（漲）。」

海嘯是什麼？

女兒：「爸爸，什麼是海嘯？」

爸爸：「平時呢，是我們去看大海；海嘯呢，就是大海來看我們……」

高招

某美女決定下重金，讓自己去整形診所接受雷射美白兼減肥瘦身。花十幾萬元以後，整形結果讓她覺得非常滿意。回家路上，在報攤買了份報紙，找錢的時候，她問老闆：「不好意思，你猜我幾歲？」

老闆說：「32吧？」

她好高興：「是47啦！」

接著她去賣當勞，問櫃檯的小姐同樣的問題。

小姐說：「我猜29歲。」

她好高興：「不是，是47歲啦！」

興高采烈，她去街角的統一超商買口香糖，忍不住又問那裡的櫃檯小姐，

小姐說：「嗯，我猜30。」

她好得意：「不好意思，我已經47，謝謝！」

等公車的時候，她又問旁邊的老頭。

老頭說：「我七十八歲了，眼睛不好，看不出來。不過我年輕的時候，有種方法可以確定。可能太新潮了，不過如果妳讓我把手伸進妳的胸罩，我絕對可以

知道妳的年紀。」

半晌無聲，空曠的大街上，她終於忍不住好奇：「好吧！你試試看。」

老頭把手伸入她的襯衫，又伸進她的胸罩，開始緩慢而仔細地摸索。幾分鐘以後，她說：「夠了吧！你猜我幾歲？」

老頭又捏了最後一下，把手拿出來，說：「女士，妳47歲。」

美女大驚，訝異的問：「好厲害！你怎麼知道？」

「保證不生氣？」

「不生氣！」

「在麥當勞裡，我排妳後面。」老頭淫笑的表情說著。

一夫一妻

議會修改婚姻法時，打字員一時疏忽，把一夫一妻打成了一天一妻，議會審議時普遍反映就這一條改得最好、與時俱進。

甲代表認為：「好是好，就怕貨源保不了！」

乙代表說：「好是好，就怕時間有點少！」

女代表說：「好是好，就怕男性同胞身體受不了！」

法律界代表說：「好是好，就是孩子父親不易找！」

搶劫

一群劫匪在搶劫銀行時說了一句至理名言：「通通不許動，錢是大家的，命是自己的！」

大家都一聲不吭臥倒在地上。

劫匪望了一眼躺在桌上四肢朝天的出納小姐，說：「請你躺文明一點！這是劫財，又不是劫色！」

不識貨

小美長得很漂亮，身邊總是會有一堆男生跟著她，於是小美不耐煩的跟小明抱怨說：「為什麼我身邊總是會有一堆蒼蠅飛來飛去的？」

小明說：「可能是因為妳長得像大便吧？」

請點菜

醫生來到一家餐廳吃飯，正要點菜，發現服務生總是下意識地摸屁股，便關切地問道：「有痔瘡嗎？」

服務生指了指菜單說：「請您點菜單裡有的菜好嗎？」

多此一舉

有一個工人到了工地去工作，但他眼睛上有一個瘀青。

他一到了工地，每個人都笑笑的問他為什麼他的眼睛會瘀青。

他說：「是這樣的。我昨天到了教會去禱告，結果跪下來時，前面有一個小姐上完廁所後，我發現她的裙子不小心塞到了內褲裡，所以幫她拿了出來，結果就被她打了。」

隔了一個禮拜，那位工人的眼睛上又出現了一個瘀青。他一到了工地，每個人都笑笑的問他為什麼他的眼睛又有瘀青。

他說：「昨天啊，我又到了教會禱告，而且前面又是那位小姐，我發現她的裙子又塞到內褲裡了，結果我旁邊的人竟然把裙子抽出來了。我知道這樣那位小姐會生氣，所以我又把裙子塞進去了……」

國文考試

考試時，出現了這樣的題目：

（　）之謂（　）

（　）之謂（　）

（　）之謂（　）

（　）之謂（　）

以上（　）兼備

結果小明寫：

（愛）之謂（脆瓜）

（愛）之謂（菜心）

（愛）之謂（土豆麵筋）

（愛）之謂（鮪魚片）

以上（初一十五）兼備

插錯支

有一天，一個實習醫生跟一個老醫師看察病房，忽然實習醫生覺得很納悶，便問老醫生說：「學長，為什麼你要夾一支溫度計在你耳朵上呢？」

老醫生摸摸自己的耳朵很恐懼的說：「完了，我一定把我的鋼筆插在某人的肛門裡了……」

以味尋物

話說民國初年，戰亂頻繁，雖然如此，有一位老饕仍不改本色，堅持吃遍中國名產。

有一天，他來到南京，準備吃大名頂頂的南京板鴨，進了一著名的板鴨站，店小二連忙過來招呼：「客官，來點什麼？」

「給我來一隻道地的南京板鴨！」

「是的，馬上來！」

過了一會，小二端上來一隻香味四溢的板鴨，這位老饕待鴨上桌，不忙的動筷子，卻伸出中指，往鴨屁股一戳，再伸到鼻子一聞：「喂！店小二啊！這分明不是南京板鴨嘛！這鴨是北京的烤鴨！」

遇到如此厲害的客人，店小二馬上答著：「抱歉、抱歉，我馬上給您換一隻！」

又過了一會，小二又端上一隻香味四溢的板鴨，這位老饕又伸出中指，往鴨屁股一戳，伸到鼻子前聞一聞：「嗯……這才是道地的『南京』板鴨！」

這時只見小二把褲子一脫，一臉誠懇地說：「客倌……我從小因戰亂而無父無母，從來不知道自己是哪裡人，您就行行好吧……」

衛生棉的廣告應用

某女校的廁所常常都有人亂丟衛生棉，造成環境不堪。

老師為了要給女同學上一課就問大家：「假如在廁所裡看到衛生棉亂扔會怎麼辦？」

學生答：「我會好自在的撿起來，然後折成一朵康乃馨，送給我帥氣的男朋友，讓他覺得我靠的住。」

羨慕

有一天，小明來到了一個公廁裡上廁所，卻因為便祕嚴重，所以拉不出來。

小明：「天啊！我都蹲這樣久了！為何還出不來呢？」

這時旁邊的廁所有人衝了進去，瞬間發出響亮的拉屎聲。

小明聽到後便說：「真好！一蹲就出來了。」

隔壁的人說：「有啥好的！我褲子都還沒拉下來呢……」

目標轉移

有一天，一對夫妻到動物園，他們看到一個地方人很多就走了過去，發現大家都在看一種「狒狒」的動物。

妻子突然大聲的說：「真奇怪！怎麼越醜的動物越多人看？」

老公說：「噓……小聲一點大家都在看妳了！」

小明的信

有一天，小明寫信給爺爺，他不會寫的字都把他圈起來，他寫爺爺您好，聽說你生O了，病不會寫打個圈，我要坐飛O去看你，機不會寫打個圈，我會帶炸O給你吃，雞不會寫打個圈，爺爺以為O代表蛋。

內容就變成：爺爺你好，聽說你生蛋，我要坐飛彈去看你，我會帶炸彈給你吃。

不孝兒子

吝嗇的小明他的父親剛過世，想找個道士超渡亡魂，道士索價一千元，小明殺價成八百元，道士也同意了。

於是道士開始誦經：「請魂上東天啊、上東天……」

小明好奇的問：「為何不是上西天？」

道士回說一千元上西天，八百元只能到東天。

小明無奈，只好再給道士兩百元，讓父親上西天。

道士便改口：「請魂上西天啊、上西天……」

這時棺材裡傳來小明父親的罵聲：「你這不孝兒子，為了區區兩百塊，害我跑得這麼累！」

小太監

有一個新來的小太監，怕睡著了聽不見皇上的吩咐，又怕耽誤皇上和娘娘的好事，就自作主張藏在了皇上的床底下。

第二天早上被發現，然後皇上震怒的罵：「好你個奴才，在朕的床底下待了幾個時辰？」

小太監跪倒在地答道：「回皇上的話，奴才在床下過了五更天。」

「你都聽到了什麼？」皇上問。

「一更天，您和娘娘在賞畫。」

「此話怎講？」

「聽您和娘娘談著，來……讓我看看雙峰秀乳。」

「二更天呢？」皇上神情凝重的問著。

「二更天，您好像掉地下了。」

「此話怎講？」

「聽娘娘說：『你快上來呀！快上呀！』」

「三更天呢？」

「你們好像在吃螃蟹……」

「此話怎講？」

「聽您說著把腿掰開……」

「四更天呢！」皇上怒火中燒的問。

「四更天好像是您的岳母大人來了。」

「此話怎講？」

「奴才聽見娘娘高聲喊道：『哎呀！我的媽呀、哎呀！我的媽呀！』」

「五更天呢？」皇上已經用手勢吩咐守衛準備好刑具。

「您跟娘娘在下象棋……請皇上恕罪、請皇上網開一面啊！」

「你把話說清楚我就饒了你一條狗命。」

「奴才聽娘娘嬌嗔的說著：『再來一砲、再來一砲嘛！』」

電腦配備

有一天，閒來無事，電腦各部位大發牢騷，訴說自己的辛酸血淚事。

螢幕說：「我真倒楣，每天都要給人看！」

滑鼠聽了也抱怨：「我才慘！每天都要人摸。」

鍵盤不甘示弱地接著說：「這麼說來，我不是更慘？每天要被人打。」

主機說：「那算什麼，我每天都要給人按肚臍眼。」

主機板也忍不住大吐苦水：「你們說的都算好的了，哪像我，每天都要讓人插。」

軟碟機插嘴說：「有人插還好，像我，想要人插還沒有人願意插！」

主機板反駁：「你們不要以為我被很多東西插會很舒服，其實我是最辛苦的，那些東西插進來就動也不動了，你們知道種感覺有多難受嗎？」

音效卡終於憋不住氣的說：「還說呢！明明被插的是你，為什麼是我在負責叫呢？」

每個故事都有個小明

媽媽：「電動玩具和100分，你選那一樣？」

小明：「100分。」

媽媽：「你還是挺上進的嘛！」

小明：「爸說如果我考100分，就送我電動玩具。」

媽媽：「小明，你又開電視了！」

小明：「我又不是要看電視。」

媽媽：「那你在做什麼？」

小明：「我在核對報紙上的電視節目表有沒有印錯。」

媽媽：「小明，你這學期撿到10次錢嗎？」

小明：「沒有，只撿到一次。」

媽媽：「那怎麼會有十張拾金不昧的榮譽卡？」

小明：「我把撿到的一百元換成10個銅板。」

媽媽：「我以為你在寫功課，竟然是在玩電動。」

小明：「這又不能怪我！」

媽媽：「難道要怪我？」

小明：「沒錯，誰叫你走路聲音那麼輕。」

媽媽：「小明，要你補英語是希望你不要輸在起跑點上。」

小明：「我早就輸在起跑點上了。」

媽媽：「你輸了什麼？」

小明：「遺傳。」

老師：「小明，請用『左右為難』來造句。」

小明：「我考試時左右為難……」

老師：「是題目不會答，讓你左右為難？」

小明：「不，是左右同學答案不一樣，讓我左右為難。」

小明：「媽，公園有個可憐的歐巴桑，我想幫助她。」

媽媽：「小明真有愛心，就給她10塊錢吧！」

媽媽：「咦！你怎麼買了香腸？」

小明：「她就是賣香腸的嘛！」

妹妹：「哥，如果有不良少年勒索我們，該怎麼辦？」

小明：「跑給他追！」

妹妹：「你跑得贏他們嗎？」

小明：「我只要跑得贏你就行了。」

媽媽：「上下學不要落單，以免被不良少年勒索。」

小明：「可是同學都不肯跟我一起走。」

媽媽：「為什麼？」

妹妹：「他們怕被哥哥勒索。」

老師：「現在上『急救』課」，有人受傷，第一步要怎麼做？」

小明：「老師我知道！問他要不要『器官捐贈？』」

職場定律

一家公司的大老闆死後被送上天堂，看門的天使卻查不到他的紀錄，因為之前很少有大老闆會上天堂的，於是天使要他自己選擇要到天堂，還是去地獄，並且可以讓他先到兩個地方都度過二十四小時之後再做決定。

一開始，大老闆先被送到地獄去，他一進門發現是一個狂歡派對，所有他以前的同事跟朋友都在裡面，大家瘋狂慶祝，享受美食、名酒、俊男與美女。二十四小時之後大家跟他道別，並希望很快再見到他。緊接著他被送到天堂去，那邊有安寧的環境跟無盡的美景，同樣舒舒服服地過了二十四小時。

抉擇的時間到了，大老闆對天使說：「天堂固然很好，但是地獄看起來比較吸引。」於是被送往地獄。然而，才一進地獄的門，眼前的景物卻讓他大吃一驚。他的眼前竟然是一片荒原，所有他的朋友不是在上刀山，就是下油鍋。他驚恐地問地獄的守門人：「怎麼會這樣？上一次我來的時候不是這樣的啊？」

地獄的守門人講了一句關鍵的話：「上一次，你是來面試的，現在你已經是員工了。」

說得也有理

阿呆與阿瓜在便利商店邊抽菸邊閒聊，此時店員走了過來說：「兩位先生，請不要在這裡抽菸，這裡到騎樓外都是禁菸區。」

阿瓜：「奇怪了，你們店裡賣菸，卻不准客人抽煙？」

店員：「我們店裡也賣保險套，你要不要在這裡做愛呀？」

我跟你媽一起掉進水裡

小美：「如果我跟你媽一起掉進水裡，你會先救誰？」

小明：「我媽會游泳，我媽會救妳。」

小美：「你幹嘛不自己下來救我？」

小明：「如果我下去救妳，妳就完了，因為我不會游泳，所以我媽會先救我！」

忠心不二

顧客：「老闆，我想要一隻聰明又忠心的小狗。」

老闆：「這隻準沒錯，這隻狗對主人最忠心了。」

顧客：「怎麼說呢？」

老闆：「這隻狗被我賣了三次，每次都是自己跑回來了呢！」

高興得太早

男生：「我好愛妳！請妳嫁給我吧！」

女生：「真的嗎？那你可以為我戒菸、戒酒嗎？」

男生：「可以。」

女生：「那你可以為了我，不再打麻將嗎？」

男生：「可以。」

女生：「既然如此，我還有什麼好考慮的呢！」

男生：「有，我可能會想離婚。」

誤解

小明暗戀小美已經好長一段時間了，可是一直不敢向小美表達心中的愛慕之意。

一天，小明下定決心，勇敢追求愛情，一路跟隨著小美，最後小美進了麵店坐下，小明認為機不可失，趕緊上前開口説話：「妳叫什麼？」

小美指著菜單説：「一碗餛飩麵加滷蛋。」

學車

一位先生去考駕照。口試時，主考官問：「當你看到一隻狗和一個人在車前時，你是撞狗還是撞人？」

哪位先生不假思索的回答：「當然是撞狗了。」

主考官搖搖頭説：「你下次再來考試吧！」

哪位先生很不服氣：「我不撞狗，難道撞人嗎？」

主考官大聲訓斥道：「你應該剎車。」

新郎在這裡

一位小鎮的交通警察攔下了一輛超速的機車。

「但是警官！」騎機車的男人焦急地說：「我可以解釋……」

「閉嘴！」警察插嘴道：「你需要在牢裡冷靜一下，等警長回來再處理。」

「但是，我只想說……」

「叫你閉嘴沒聽到嗎？跟我回局裡！」

幾個小時過後，警察看著牢裡的男人說：「小子，今天算你幸運的了。今天警長嫁女兒，他回來時心情應該會很好。」

「那絕對不可能。」男人說。

「為什麼？」

「因為新郎在這裡。」

示範

一所高中校長面臨著一個問題，校內年長的女學生開始擦口紅。當她們在洗手間裡擦口紅時，她們會將嘴唇印在鏡子上留下唇印。

在這個問題變的不可收拾之前，他想到一個方法阻止，於是他召集所有會擦口紅的女學生並要她們下午2點時在洗手間集合。當女孩們在2點到洗手間時發現校長及舍監已在那等候，校長對她們解釋這個問題讓舍監每天晚上都得清理洗手間的鏡子。

他認為女孩們並不了解問題的嚴重性所以他要她們自己目睹鏡子有多難清理，接著舍監便開始示範，舍監由打掃室裡拿出了一把長柄刷子，拿到最近的馬桶裡沾水後，接著走到鏡子前面開始刷洗鏡子。

然後，那天就再也沒人把唇印留在鏡子上。

醜小孩

一天有一個婦人帶著她的小孩去坐火車，一個歐巴桑經過她座位旁時，看見了這個小孩，忍不住搖搖頭輕聲說句：「唉！怎麼有這麼醜的小孩！」

婦人聽了以後忍不住哭了出來，不知情的列車服務小姐看到婦人不知為何哭得如此傷心，於是想安慰婦人便對婦人說：「妳不要再難過了，先喝一杯水休息一下。哦，對了，這裡還有一隻香蕉，就給妳的猴子吃吧！」

不給面子

一對青年男女在公園約會時，女生特別想放屁，她想了個辦法。

女：「你聽過布穀鳥叫嗎？」

男：「沒聽過。」

女：「我教你，就是布（放屁聲）——（口中發出的聲音）。」

女：「聽清楚了嗎？」

男：「抱歉，沒聽清楚，因為放屁聲太大。」

垃圾車與垃圾

有一群大學生去聯誼，男生想說每個人都騎摩托車，要玩抽鑰匙的遊戲，結果偏偏有個男生愛耍帥，開一台汽車來。

於是大家都很不爽，決定要捉弄那個開車來的人，他們就動了手腳，讓恐龍妹都坐上他的車。

然後有個恐龍還不識相的跟開車的男生說：「唉唷！你好酷喔！幹嘛都不説話啦！」

那個男生頭也沒回，冷冷的說：「你有看過垃圾車司機和垃圾說話的嗎？」

三代同堂的對話

兒子：「爸爸……我要買糖果啦！」

爸爸：「買什麼買？浪費錢！不准買！」

爺爺：「買給他啦……免得他哭了！」

爸爸：「不行！小孩子怎麼能不聽爸爸的話！」

爺爺：「那你聽了沒？」

妙答

某日侍郎、尚書、御史三個高官走在路上，看見一隻狗從三人面前跑過。

御史藉機會問侍郎：「是狼是狗？」（侍郎是狗）

侍郎臉都綠了：「是狗。」

尚書和御史都大笑：「何以知道是狗？」

侍郎：「看尾毛，下垂是狼，上梳是狗（尚書是狗）。」

尚書臉沉了下來。

侍郎接著說：「也可以從食性看。狼是肉食，狗是遇肉吃肉，遇屎吃屎（御史吃屎）」

男子氣慨

一對男女朋友相約去露營。

到了晚上紮營時，男孩子覺得荒郊野外有點危險，想展示一下男子氣慨，便找一些東西防衛，但是找了半天只有一根棍子，便只好跟女朋友說：「妳用這根棍子自衛，我到外面去守營。」

人生就是如此

有一天，神創造了一頭牛。

對牛說：「你要整天在田裡替農夫耕田，供應牛奶給人類飲用，又要工作直至日落，而你確只能吃草……所以我給你50年的壽命。」

牛抗議：「我這麼辛苦，還只能吃草，我只要20年壽命，餘下的還給你。」

神答應了。

第二天，神創造了猴子。

神跟猴子說：「你要娛樂人類，帶給他們歡笑，不僅要表演雜技，而你也只能吃香蕉……所以我給你20年的壽命。」

猴子抗議：「要引人發笑、表演雜技，還要翻觔斗？這麼辛苦，我活10年好了。」

神答應。

第三天，神創造了狗。

神對狗說：「你要站在門口吠，你吃主人吃剩的東西，我給你25年的壽命。」

狗抗議：「整天坐在門口吠，我要15年好了，餘下的還給你。」

神答應。

第四天，神創造了人。

神對人說：「你只需要睡覺，吃東西和玩耍，不用做任何事情，只需要盡情享受生命，我給你20年的壽命。」

人抗議：「這麼好的生活只有20年。」

神沒說話。

人對神說：「這樣吧！牛還了30年、猴子還了10年、狗也還了10年，那些壽命都給我好了，那我就能活到70歲。」

神答應了。

這就是為甚麼我們的頭20年，只需吃飯.睡覺和玩耍。

之後的30年，我們像一條牛整天工作養家，接著的10年，我們退休了，我們得像隻猴子表演雜耍來娛樂自己的孫兒，最後的10年，整天留在家裡，像一條狗坐在門口旁邊看門……

多餘的

老師請大家寫意篇作文，題目是：「我的媽媽」。

結果，一位小朋友的作文寫著：「我的媽媽是一位四十歲的中年婦人。」

老師把「中年」兩個字圈了起來，然後在旁邊標註「多餘的」，請他回家訂正。

沒想到，他的作文變成了：「我的媽媽是一位四十歲多餘的婦人。」

老師看了差點昏倒……

造孽

看著懷胎九個月的老婆，小明的心裡終於按捺不住和老婆說：「老婆，我禁慾九個月了，好想要喔！」

老婆：「拜託，忍一下會死喔！」

可是小明真的耐不住了，於是就把老婆推到床上來硬的，做到一半，老婆突然喊說：「不行不行了！我要生了！」

於是小明就匆匆忙忙把老婆送到醫院，緊張的在外面走來走去，看到醫生走出來， 趕緊上去問狀況。

醫生說：「小明先生，有一個好消息和一個壞消息，你要先聽哪一個？」

小明緊張的問：「好消息吧！」

醫生就說：「生產順利，母女平安！」

小王嘆了一口氣的想：「這樣子還有什麼壞消息？」

醫生緊接著說：「可是很抱歉……我們發現你女兒嘴巴歪掉了！」

老師出的送分題

1、為了救愛妾而引清兵入關的明末將領為：

(1) 吳一桂 (2) 吳二桂 (3) 吳三桂 (4) 吳四桂

2、呈上題，其愛妾是：

(1) 林粉圓 (2) 王湯圓 (3) 張芋圓 (4) 陳圓圓

3、秦二世時，專擅朝政、指鹿為馬的是：

(1) 趙高 (2) 趙低 (3) 陳高 (4) 陳紹

4、著有道德經，為道家始祖的是：

(1) 李耳 (2) 李眼 (3) 李鼻 (4) 李口

5、原為唐高宗之後，後登基為帝，為中國第一個女皇帝的是：

(1) 文則天 (2) 武則天 (3) 文則地 (4) 武則地

6、東漢末年，劉備、關羽與何人互有盟約，約為兄弟：

(1) 岳飛 (2) 張菲 (3) 鳳飛飛 (4) 張飛

7、承上題，其史稱三結義為：

（1）宜蘭三結義（2）桃園三結義（3）新竹三結義（4）苗栗三結義

8、唐朝詩人，著有長恨歌描寫楊貴妃生平的是：

（1）白居易（2）黑居易（3）黑嘉麗（4）白冰冰

9、遠古時代，傳說黃帝於何地打敗蚩尤：

（1）涿牛（2）涿豬（3)涿鹿（4）涿馬

10、國共戰爭期間，打敗國民黨，建立中共政權的中共領導人為：

（1）毛澤東（2）毛澤西（3）毛澤南（4）毛茸茸

結帳

一位顧客慢條斯里的在餐廳中用餐，然後他吃水果，抽香菸。

當侍者把帳單送上時，他摸了摸口袋，假裝驚慌失措的說：「糟糕，我的錢包不見了。」

侍者面無表情的問：「真的嗎？」

於是，他把這個男人帶到門口，大聲命令他：「蹲下。」然後用力一腳，把他踢到門外。

這時，坐在另一張桌上的一個顧客，自動的走到門口，同樣的蹲下來，然後回頭對侍者說：「結帳！」

事實擺在眼前

有一對男女正在吃晚餐，那個女生一直問那個男生：「你愛不愛我？」

男生看了女生一眼又繼續吃晚餐，女生很生氣又再問了一次：「你愛不愛我？」

男生終於說：「愛！」

女生又問：「那你要怎麼證明？」

忽然男生從口袋裡拿了三十元出來，且問女生：「妳有沒有十元？」

女生拿了十元給了男生，男生就把四十元放在桌上。

過了一會兒……

女生很生氣的問男生：「你到底要不要證明你愛我啊！」

男生說：「我己經證明了啊！」

男生手指著桌上那四十元……

心理有底

小明很喜歡咬手指頭，媽媽覺得很煩，就騙小明咬手指頭肚子就會變大，小明信以為真。

有一天，小明和媽媽到超級市場買菜，小明就一直盯著一個孕婦猛瞧。終於，孕婦兇巴巴的對小明吼著：「你認識我嗎？一直盯著我幹嘛？」

小明一臉奸詐陰陰的冷笑道：「我雖然不知道妳是誰，但我知道妳幹了什麼好事！」

天敵

歷史老師在教清朝歷史，發現有個學生在睡覺。

老師把他叫醒，問道:「清廷最大的敵人是什麼？」

學生睡眼惺忪的回答：「青蛙！」

這個潑過了

一天，有一名心理變態的男子又在路上尋找對象，想要將手中的硫酸潑向對方。

小英很不幸的遇到這件事……

變態男子從後面準備要潑硫酸的時候，小英警覺性的回過頭來，男子看了她的臉，猶豫了一下，然後說：「啊！這個潑過了……」

我是司機

在一個擁擠的公車上，眾乘客已被擠的都快沒有容身之地了，個個脾氣火爆，一名男子卻極力的想往前擠。

男子：「借過，借過，讓一下好嗎？」

乘客：「快擠死人了，還擠什麼擠啊？」

男子：「不管怎樣，我都要擠到前面去。」

乘客：「你以為你是誰啊？為什麼我要讓你通過？」

男子：「啊不然你來開車嘛！因為我是司機。」

實話實說

全國最富有的人請了全國最好的建築師來給自己建造陵墓。三年之後，大富翁問建築師：「全部工程結束了嗎？」

「差不多了。」

「還差什麼呢？」

「只差你了。」

恐懼的原因

一天，小明與小華下班的時候一起走在大街上，突然身後傳來急促的喇叭聲，只見小明神色緊張地急忙躲到一旁。

小華不解地問道：「你怕什麼？我們在人行道上，車子撞不到我們呀！」

小明撫著怦怦亂跳的胸口解釋道：「哎！你有所不知，差不多一個月前，我老婆跟一個計程車司機跑了，從此以後，每當我聽到喇叭聲就會嚇一大跳，深怕那個計程車司機又將我的老婆送回來！」

母親的警告

母親對日漸亭亭玉立的女兒說：「當妳和男孩子出去玩時，若有什麼『不合常理的舉動』，千萬別忘了妳的雙腳，那是妳最好的朋友。」

女兒默默的答應了，可是一天女兒卻哭著說自己被佔了便宜，母親有些不高興的說：「不是告訴過妳雙腳是妳最好的朋友嗎？」

女兒難過的說：「可是再好的朋友，也有分開的時候……」

不要摸

一對情侶，甜蜜地依偎著。

男的看到女的頭髮，是如此的亮麗，就偷摸了一下。

女的嬌滴滴說：「哎呀……討厭啦！」

男的聽了心癢癢的，於是又偷摸了一次！

女的又說：「嗯……不要啦……！」

男的聽了後，心都要飛起來了，他又再偷摸一下！

沒想到那女的站起來，用粗暴的聲音說：

「不要摸了！我的假髮都快掉了啦！」

北韓和中國

北韓核子試驗前與中國的絕密對話披露：

北韓：「大哥，我要核子試驗。」

中國：「嗯，知道了，啥時候搞？」

北韓：「10……」

中國：「10月份？」

北韓：「9、8、7……」

中國：「……」

人生以「屁」開始

為難：在擁擠的電梯裡想放屁。

幸運：在屁出來之前，其他人都下電梯了。

高興：電梯裡只有自己一人，輕鬆自在的放一個屁。

後悔：太臭了，連自己都忍受不了。

羞愧：臭味消散之前，有人上電梯。

痛苦：電梯裡只有自己和另一個人，那個人放了一個更臭的屁。

鬱悶：放屁的那個人裝作若無其事。

孤獨：放屁的人先下了電梯，自己獨自忍受屁臭。

委屈：屁還沒散盡之前，又有人上電梯。

鬱忿：跟媽媽上電梯的孩子指著我說：「媽媽，他放屁。」

崩潰：媽媽告訴孩子說「總有不自愛的人！」

開刀成功率

一個病人患了嚴重的疾病，需要開刀。

醫生：「你的手術有33%的成功率，成功了你就活下來了。」

病人：「這麼低呀……」

醫生：「不過失敗率也只有33%，失敗了你就死了。」

病人：「那剩下的34%是什麼?」

醫生：「你有34%的半死半活機率。」

小説家

妻子：「你上次説的那個小説寫完了嗎？」

丈夫：「剛寫完，準備再修改一下。」

妻子：「裡面的男主人公是不是也很怕他的妻子？」

丈夫：「沒有，他對妻子的錯誤思想敢於進行面對面的批評和鬥爭。」

妻子：「你有切身體會嗎？」

丈夫：「沒有，我寫的是科幻小説。」

逆行

丈夫駕車出門。

妻子在家聽廣播，聽到一則報導，妻子連忙拿起電話。

妻子：「老公啊，我剛聽廣播上說，高速公路上有一輛車在逆行，你千萬要小心啊。」

老公：「是哪一輛啊，我看有好幾百輛車都在逆行。」

印地安人

有一位探險家到美國西部探險，紮營時一位當地的印地安土著跑了過來對他說：

「今天會下雨。」

探險家也沒在意繼續工作，不料到了晚上果然下起大雨。

第二天那土著又跑來了，説道下午會刮大風。

探險家給了他十塊錢謝謝他，而當天下午果然也刮起風來。

如此過了一個禮拜，那土著每天跑來報告天氣，探險家也每次都給他十塊錢，

而每天的天氣也果然如土著所預言的一樣。

探險家心中十分佩服土著的特異能力，簡直比氣象報告還準。

這一天，土著又跑來了，可是一句話也沒説。

探險家好的奇問著：「你今天為什麼不預報天氣了呢？」

土著答道：「因為我的收音機壞了。」

借錢

甲和乙是朋友。

甲：「有錢嗎？」

乙：「有，幹嘛！」

甲：「借我一點。」

乙：「蛤？你剛才說什麼？」

甲：「我說借我一點錢。」

乙：「不是，在這之前說的。」

甲：「有錢嗎？」

乙：「沒有！」

誤解丈母娘

小豐與小玉夫妻倆今天大吵一頓。

小玉一把鼻涕一把眼淚的說：「早知道就聽我媽媽的，不要嫁給你！」

小豐楞了一下，緩緩的問：「妳是說…妳媽曾阻止妳嫁給我？」

小玉點了點頭。

小豐用力捶了一下桌子說：「啊！這些年來我真

是錯怪她了！」

上帝

上帝看見你口渴，創造了水；上帝看見你餓，創造了米；上帝看見你沒有可愛的朋友，創造了我；然而祂也看見這世界上沒有白痴，順便也創造了你！

電話

電話響了一聲，代表我正在想你！

兩聲，代表我喜歡你！

三聲，代表我愛你！

當第七聲響起……

喂喂喂，我是真的有事找你，還不快接電話！

何必動粗

有非洲草原「萬獸之王」的獅子在巡邏草原時遇到一隻斑馬在吃草，獅子為了要讓斑馬知道自己是「萬獸之王」，就向斑馬大吼道：「斑馬！在這兒誰是『萬獸之王』？」

斑馬吃驚的回答：「大王，您就是『萬獸之王』！」

獅子聽了很滿意的走開。不久遇到一隻在矮樹上採水果吃的猴子，獅子為了要讓猴子知道自己是「萬獸之王」，就向猴子大吼道：「猴子，在這兒誰是『萬獸之王』？」

猴子很害怕回答：「大王，您就是『萬獸之王』！」

獅子聽了很滿意的走開。不久遇到一隻大象在吃樹葉，獅子為了要讓大象知道自己是「萬獸之王」，就向大象大吼道：「笨大象，在這兒誰是『萬獸之王』？」

大象聽了並不回答，轉過身體用長鼻卷起獅子，用力把獅子拋向一棵樹，把獅子撞到鼻青臉腫。獅子從地上爬起來，縮著尾巴向大象道：「你不知道答案就算了，何必動粗呢……」

理智的父親

有一對情侶出去約會，晚上那個男的送女孩子回家時，因為氣氛很好且難分難捨，便在女方家門吻了起來了，過了一下子，樓上的燈全亮了。

「咚咚咚……」女孩的老爸下來打開了門，臉色非常不好的說：「小子，你沒經過我的同意和我女兒出去，還這麼晚帶她回來，還在門口做出這種舉動，這些我都不和你計較，但是……請你不要壓在門鈴上好嗎！」

說的也是

公車上有兩位師大附中的男生在對話，以下簡稱某甲跟某乙。

某甲問某乙說：「你比較重視女孩子的內涵還是外表啊？」

某乙就回答：「當然是外表啊！」

某甲就說啦：「這樣太膚淺了吧？美麗只是短暫的耶！」

某乙回答：「可是醜陋卻是永恆的！」

並未幫忙

某校嚴禁考試作弊，數學教授要大家簽署一份聲明，表示在考試時沒有接受任何人的協助與幫忙，考卷全部靠自己完成的。大家都完成簽署，但仍有一位同學仍猶豫不決。

教授上前瞭解時，他回答：「我曾經禱告，求上帝幫助，不知道應不應該簽？」

教授仔細看過他的考卷後，以篤定的語氣說：「放心吧！上帝並沒有幫你。」

經驗

老闆娘：「看妳不像壞人，妳有前科嗎？」

應徵工作的小姐：「沒有。」

老闆娘：「那妳履歷表的經驗欄寫明有撕票經驗是怎麼回事啊？」

小姐：「喔！那是我做過電影院門口的撕票員啦！」

難民

不識字的祖母正和她的孫子在看電視新聞。這時，畫面上出現了一群非洲的難民。

祖母問：「那些人是誰？在做什麼？」

孫子回答：「那是非洲的難民沒有飯吃，好可憐啊！」

祖母聽了很不以為然的說：：「騙肖A！沒有飯吃，怎麼還有錢燙頭髮？」

誰有救

某天，總統、行政院長等大官一起參加一個會議，結果發生連環車禍，送至醫院急救。

記者們聞風趕至醫院，許久，醫生出來了，記者忙著問：「醫生！醫生！總統有救嗎？」

醫生沮喪的搖搖頭說：「唉……總統沒救了。」

記者又問：「醫生！醫生！行政院長有救嗎？」

醫生又沮喪的搖搖頭說：「唉……也沒救了。」

記者就問：「那……那到底誰有救？」

醫生精神一振的說：「國家有救了！」

多的是

有台遊覽車載著旅行團有韓國人、泰國人及台灣的一位教授帶一位學生。

一路上大家有說有笑的，突然間台灣教授看到韓國人因為行李太重，覺得麻煩就把行李裡的人參往車窗外丟。

教授就問：「你為什麼要把貴重的人參給丟掉呢？」

韓國人回答說：「因為我們國家多的是。」

車子繼續前進，過了一會，教授看到泰國人也因為覺得行李太重，而將把大批的榴槤往車外丟棄。

教授就問：「你為什麼要把水果之王榴槤丟掉呢？」

泰國人回答說：「榴槤泰國多的是啦！」

聽完泰國人回答後，教授望向坐在旁邊的學生，結果抓著學生就往車窗外丟……韓國人跟泰國人嚇傻了，直問教授在做什麼？

教授回答說：「台灣大學生多的是……」

示範

在新訓中心的實彈射擊訓練中，有個新兵連打幾槍都脫了靶。一旁的教官怒氣衝衝地奪過新兵的槍，聲色俱厲地說：「你到底會不會瞄！你看我的。」

他瞄準射擊，但子彈飛到了靶外。他又怒氣洶洶地轉身向新兵吼道「你看！你就是這樣射擊的！」

歐巴桑與小男孩的對話

有一個歐巴桑搬到一棟新的公寓，她注意到每天早上會有一個小孩在樓下對整棟公寓大喊：「大家好！」

她覺得這麼可愛又有朝氣的小孩子已經很少見

了！

有一天，小男孩又出現對著整棟公寓喊：「大家好！」

歐巴桑覺得這個小男孩真的很有禮貌，便對他喊回去：「小朋友，我們都很好，你好不好啊？」

小男孩楞了一下，接著……

「我找我朋友『戴家豪』，關妳屁事啊！」

趁熱吃

有一天，一對蒼蠅母子在一起吃午餐，兒子問蒼蠅媽媽：「為什麼我們每天都吃大便啊？」

蒼蠅媽媽生氣的說：「吃飯的時候不要說這麼噁心的話，還不快趁熱吃！」

三位老人

三位老人在聊天。

80歲的老人說道：「每次小便我都要站在那里二十多分鐘，也就滴下幾滴，沒辦法，我只好一趟又一趟地往廁所跑。我最希望我能夠小便通暢。」

85歲的老人說道：「我總是便祕，吃過各種瀉藥也無濟于事。我最希望我能大便通暢。」

這時，90歲的老人開口道：「我沒有你們倆的問題，每天早晨6點我準時小便，6點半準時大便……」

90歲的老人接著說：「但是我最希望的還是能夠七點以前醒來……」

翻譯

美國一宗銀行搶案，搶匪才剛剛把錢藏好，就被警長逮捕了。由於搶匪是印地安人，又不會講英文，警長只好去請翻譯官來幫忙翻譯。

經過一陣疲勞轟炸式的拷問，搶匪堅持不肯說出錢藏在那裡。

沒辦法，警長只好扮起黑臉，咆哮地告訴翻譯官：「告訴搶匪，再不說，把他斃了！」

翻譯官忠實地把警長的意思傳達出去，大概翻譯得太好了，搶匪嚇得語無倫次：「錢在鎮中央的井裡，求你叫他饒我一命。」

翻譯官神情凝重地告訴警長：「這小子有種，寧死不招，他叫你斃了他吧。」

考一百分會「死」

有一天小明問爸爸。

小明：「爸我問你喔！如果我考一百分你會怎樣？」

爸爸：「當然是高興「死」了阿！」

小明：「爸！我絕對不會讓你死的！真的！你不能死！所以我這輩子都不會讓你看到一百分的！」

爸爸：「……」

素食主義

小狼從小吃素，狼爸狼媽絞盡腦汁訓練它捕獵。

終於有一天，狼爸狼媽欣慰的看著小狼狂追一隻兔子。

小狼抓住兔子兇相畢露狠狠的說：「小子，把胡蘿蔔交出來！」

招招手

有一天小明到動物園玩，他到了猴子區，就跟猴子親切的跟猴子招招手，但猴子不但不招手，還扔石頭丟他。於是他很生氣的跑到管理室說：「你們的猴子真不像話！我招個手，他們還對我丟石頭！」

裡面的警衛卻不以為然的說：「那你就錯了，在猴子的語言中，招手代表笨蛋，你罵他們笨蛋，他們當然丟石頭囉！假如你要打招呼的話搖搖屁股就好了。」

於是小明就回去猴子區對他們搖搖屁股，但沒想到猴子竟然對他……招招手。

放屁

有一對夫妻非常恩愛，但是先生很喜歡在睡覺的時候放屁！

因為被窩裡放屁實在很臭，妻子就警告他再這樣小心連腸子一起放出來。

先生笑了笑又放了一個屁，妻子氣到講不出話來。

隔天週末妻子從菜市場買菜回來，經過房間門口發現先生還在睡，再看一看袋子剛好今天有買粉腸，決定捉弄先生一下，於是抓了一條粉腸往先生褲子裡塞，就回頭到廚房準備中餐。

11點一到，房間鬧鐘一響，只聽見先生大叫一聲，妻子心理覺得好笑，邊笑邊跑到房間心想：看你以後還敢不敢在被窩裡放屁？

但是沒看到先生，不知道他跑哪去了？

此時，先生從廁所兩腳內八的走出來說道：

「呼！幸虧我及時塞了回去……」

法與律的不同

法律系期末考試：試舉例說明法律一詞中「法」與「律」有何不同？

某女學生答：「如果我告訴我媽，我的男朋友是『律師』，她會很高興。如果我說男朋友是『法師』，她一定會把我打死。」

禮物

三個男人正在酒吧中討論他們買給自己老婆的禮物。

第一個男人說：「我買了一個可以在六秒內從0到100的東西！」

另兩個男人不知道他指的是什麼，所以他揭露答案：「我買給我老婆一台相當不錯的保時捷。」

第二個男人也說：「我買了個可以在四秒內從0到100的東西！」

「那一定是法拉利，對吧？」

「答對了！我買給我老婆一台相當棒的紅色法拉利。」

第三個男人開口說：「我買給我老婆一個在兩秒內從0到100的東西。」

「不可能的！法拉利是世界上最快的車種了！」

「嗯……那不是一台車啦！那是台體重機……」

父親是誰

睡前，村長照常的作夜間巡邏。

一個小孩悶悶不樂坐在路旁。

村長：「小朋友，這麼晚了你一個人外面幹什麼，怎麼不進屋裡去？」

小孩：「爸爸，媽媽在吵架。」

村長：「真是不像話！你爸爸是誰？」

小孩：「不曉得，他們倆現在就在吵這個。」

又不是跟你說話

夫妻吵架後，丈夫知趣的去逗貓玩。

妻子吼道：「你跟那一頭豬在幹什麼！」

丈夫驚奇道：「這是貓，不是豬呀！」

妻子一口接過：「我跟貓說話你插什麼嘴？」

背景不同

一個希望孩子有骨氣得媽媽說：「為什麼你要跪下來求同學借你電動玩呢？」

孩子：「又沒關係，反正到時後他就會跪下求我還他啦！」

誠實的故事

櫻桃樹下，有一個農村的家庭，有一天父親很生氣的叫來了三個兒子問：「是那一個混蛋把室外的廁所推倒的？」

結果三個兒子沒有人承認。

父親嚴厲地說：「你們也該聽過華盛頓的故事吧！為什麼不能像他那樣誠實呢？」

於是小兒子就低著頭承認（他心裡想這樣子應該會獲釋吧！），結果他竟然還是被父親狠狠地揍了一頓，事後他滿懷疑問地問父親：「為什麼我和華盛頓一樣誠實地承認了，你還是要打我呢？」

父親惡狠狠地回答說：「華盛頓沒有被打是因為他爸爸當時沒有蹲在櫻桃樹下！但是我當時卻蹲在廁所裡……」

韌體請更新

資訊科畢業的家長問資訊科老師：「我家的小明在學校表現如何？」

老師：「小明啊，他的腦筋容量有10GB，動起腦來速度不輸四核心。但上課不太專心，RAM太小，剛教到後面，五分鐘前的東西就忘光了。還有一條擴充的RAM接觸不良，因此有時一教就馬上瞭解，有時講了又講還是想不通。此外，他的『3D運算』功能有缺陷，不知是不是出生時少裝一個顯示卡，所以最好帶他去補習數學，建立一些『捷徑』，否則功課跟不上。音效卡設定不良，常常該出聲時不講話，要安靜時才發出一堆雜音。另外螢幕保裝置的時間設定過短，老師才一分鐘沒動作，他就進入睡眠狀態了，除此之外就沒重大缺點了。」

抓的不是重點

有一位老頭子每天都會背著一袋沙，騎著摩托車從加拿大進入美國，　邊界警察懷疑他在走私，但是每次攔下來檢查，每次都是沙。

終於有一天警察實在受不了了，將那老頭再攔下來說：「你老實告訴我你是不是在走私，我絕對不抓你！」

老頭說：「是！」

警察再問：「那你走私的到底是什麼？」

老頭說：「摩托車！」

運氣也有用完的一天

一位演員巡迴演出回來，他對朋友說：「我獲得了極大的成功，我在露天廣場上演出時，觀眾的掌聲歷久不衰！」

「你真走運。」他的朋友說：「下個星期再演出時就要困難一些了。」

「為什麼？」演員問。

「天氣預報說下週要降溫，這樣蚊子會少很多。」那人回答。

家屬也是

一位病人來找精神科醫師：「醫生，怎麼辦……我一直覺得我是一隻母雞。」

醫生說：「喔，那很嚴重喔！怎麼現在才來就醫？」

病人：「因為我的家人都在等我生蛋。」

小小鳥

有一位病人來找精神科醫師說：「醫生，怎麼辦……我一直覺得我是一隻鳥。」

醫生：「喔，那很嚴重喔！從什麼時候開始的？」

病人：「從我還是一隻小鳥的時候……」

果實未熟

有兩個神經病患從病院裡逃出來，兩人爬到一棵樹上，其中一個人突然從樹上跳下來，然後抬起頭對上面的人說：「喂——你怎麼還不下來啊！」

上面的那個人回答他：「不行啊！我還沒有熟……」

誰求誰

母：「小明，不要再玩電動了！」

小明不聽，繼續玩他的電動。

母：「不聽話，待會就把你關到廁所，你就不要求我！」

小明：「那待會妳要上廁所時，就不要求我！」

想出名

畢業典禮上，校長宣布全年級第一名的同學上台領獎，可是連續叫了好幾聲之後，那位學生才慢慢的走上台。

後來，老師問那位學生說：「怎麼了？是不是生病了？還是剛才沒聽清楚？」

學生答：「不是的，我是怕其他同學沒聽清楚。」

打劫

深夜兩點，一條寂靜的街道盡頭有兩個路人碰頭。

「對不起，你能告訴我這裡有警察局嗎？」

「這裡附近沒有警察局。」

「那麼，是否有警察會來這裡巡邏？」

「我想不會有警察來這個鳥不生蛋的地方。」

「是這樣喔……那麼請您把手機和錢都拿出來給我吧！」

要的就是這個

部隊的輔導長發現，有一個新兵的行為舉止非常怪異：他總是拿起一張用過的紙，看一看，然後扔到一邊，同時喃喃地說道：「不，要的不是這個！」

轉導長請心理醫生給新兵看病。心理醫生檢查以後寫道：此人心理狀況不好，已達停役標準。

士兵拿起診斷書，高興地說：「對了，要的就是這個！」

找錢包

有一個男人他裝著很多現金的皮夾子不見了，他正在搜查自己的衣袋，老婆則在一旁問：

「你褲子口袋找過了嗎？」

「找過了，沒看到。」

「西裝上衣的幾個口袋呢？」

「也找過了，沒看到。」

「襯衫的口袋呢？』

「不敢找。」

「為什麼？」

「如果那裡要是再沒有發現，我的心臟病可能會發作。」

左右為難

在法庭上，被告一直把手放在口袋裡，法官說他沒有禮貌。

他回答說：「我都不知道該怎麼辦才好！我把手放在別人的口袋裡，你們懲罰我，放在自己的口袋，又說我沒禮貌！」

瘋子和呆子

一個心理學教授到精神病院參觀，以瞭解精神病人的生活狀態。一天下來，覺得這些人瘋瘋癲癲，行事卻出人意料，可算大開眼界。

想不到準備回程時，發現自己的車胎被人拆掉了。「一定是這裡瘋子幹的！」教授生氣的想著，動手拿備胎準備裝上。

事情嚴重了。拆下車胎的人居然將螺絲也都拔掉。沒有螺絲，有備胎也裝上不去啊！

教授一籌莫展。正在他著急萬分的時候，一個瘋子蹦蹦跳跳地過來了，嘴裡唱著不知名的歡樂歌曲。他發現了困境中的教授，停下來問發生了什麼事。

教授懶得理他，但出於禮貌還是告訴了他。

瘋子哈哈大笑說：「我有辦法！」他從每個輪胎上面拆下一個螺絲，這樣就拿到三個螺絲將備胎裝了上去。

教授驚訝感激之餘，大為好奇：「請問你是怎麼想到這個辦法的？」

瘋子嘻嘻哈哈地笑道：「我是瘋子，但我不是呆子啊！」

專家本色

有一個電視維修員去了一位醫生家修理電視機，發現他那台電視機用了十幾年，已經破舊不堪，醫生看著維修員心想一定要花錢修理了，便用幽默的口吻說：「你開個處方吧，看還有得救嗎？」

維修員對著電視機默默看了一陣，然後回答：「我看只能夠幫您寫個驗屍報告了。」

行業競爭

小美打算考律師執照，每天捧著一大堆法律書籍埋頭苦讀。

結果被同學小明看見了，結果小明就說：「女孩子幹嘛要這麼努力唸書啊？以後我有了女兒，一定叫到去釣個富二代，以後就安享天年了！」

小美抬起頭看了小明一眼，接著說：「你真笨！還不如趁早覺悟吧！你根本不知道那行業的競爭有多激烈。」

剪下後傳真、掃描或寄回至「22103新北市汐止區大同路三段194號9樓之1讀品文化收」

真黃傳：史上最矯情的笑話王 （讀品讀者回函卡）

■ 謝謝您購買本書，請詳細填寫本卡各欄後寄回，我們每月將抽選一百名回函讀者寄出精美禮物，並享有生日當月購書優惠！
想知道更多更即時的消息，請搜尋"永續圖書粉絲團"

■ 您也可以使用傳真或是掃描圖檔寄回公司信箱，謝謝。
傳真電話：(02) 8647-3660　　信箱：yungjiuh@ms45.hinet.net

◆ 姓名：　□男　□女　□單身　□已婚

◆ 生日：　□非會員　□已是會員

◆ E-Mail：　電話：(　)

◆ 地址：

◆ 學歷：□高中及以下　□專科或大學　□研究所以上　□其他

◆ 職業：□學生　□資訊　□製造　□行銷　□服務　□金融
□傳播　□公教　□軍警　□自由　□家管　□其他

◆ 閱讀嗜好：□兩性　□心理　□勵志　□傳記　□文學　□健康
□財經　□企管　□行銷　□休閒　□小說　□其他

◆ 您平均一年購書：□ 5本以下　□ 6～10本　□ 11～20本
□ 21～30本以下　□ 30本以上

◆ 購買此書的金額：

◆ 購自：　市(縣)
□連鎖書店　□一般書局　□量販店　□超商　□書展
□郵購　□網路訂購　□其他

◆ 您購買此書的原因：□書名　□作者　□內容　□封面
□版面設計　□其他

◆ 建議改進：□內容　□封面　□版面設計　□其他

您的建議：

廣 告 回 信
基隆郵局登記證
基隆廣字第 55 號

221-03

新北市汐止區大同路三段 194 號 9 樓之 1

讀品文化事業有限公司　收

電話/(02)8647-3663　傳真/(02)8647-3660

劃撥帳號/18669219　永續圖書有限公司

請沿此虛線對折免貼郵票或以傳真、掃描方式寄回本公司，謝謝！

讀好書品嘗人生的美味

真黃傳：史上最矯情的笑話王